人生卷首語

徐文秀 著

浙江人民出版社

序

陈先达

文秀是江西上饶人，我是鄱阳人。鄱阳归属上饶地区，我们谊属同乡。但情况各异。我已耄耋之年，夕阳残照；文秀年富力强，如日经天。我从上小学到教大学，一生未出校门；文秀自1986年进组织部门工作，从市里到地区，然后到省里，再到中央组织部，至今已33年，还在党校、宣传部、办公室工作过，任过县委副书记，既有基层工作经验，又有身处大机关的视野眼界。如此丰富的实践经验，对于文秀是一笔宝贵的财富，是仅仅拥有高学历而毫无实践经验的人所难以企及的。

文秀当过秘书，长期与文字打交道，有文才，喜文、好文、能文。我拜读过他赠送我的几本书，如《走在学习路上》《人生边角料》《人生正负手》《方步谭》《方步集》等，生动流畅，易读易懂，内容针对性强，具有极强的政治意识和问题意识。这与他长期在组织部门工作，亲闻亲见了各类问题而积累的经验有关。因此，其为文不是无病呻吟、隔靴搔痒，而是切中时弊。对于干部学习而言，已病者可治，未病者可防，严于律己者可立更高标杆。

无论古今中外，如何做人是哲学中的重要主题。中国儒家学说的核心就是“成人之学”，孔、孟、老、庄以及宋明理学、陆王心学等都是教人如何做人道理的。中国共产党人同样重视做人的问题。毛泽东在《纪念白求恩》《纪念张思德》中提出的要做“一个高尚的人，一个纯粹的人，一个有道德的人，一个脱离了低级趣味的人，一个有益于人民的人”和“为人民服务”，就是我们共产党人、我们的各级干部，尤其是高级干部做人做官的政治标准和道德标准。习近平教导青年要“扣好人生第一粒扣子”，提出从严治党，大力倡导社会主义核心价值观教育，重视学校的思想政治理论课教育，其中就包括人生观教育。

放在我面前扬扬十多万言的文秀新作《人生卷首语》，就是完全符合中国共产党关于加强党性教育、社会主义核心价值观教育、高校思想政治理论课教育需要的及时之作。新作分三辑，但主题一以贯之：如何做人、做事和做官。其论述之所以有力，是因为文秀对习近平新时代中国特色社会主义思想、对我们党当前在意识形态领域中坚持马克思主义的决心有深切领会，又对应该如何做人、做好人，如何做事、做好事，如何做官、做好官，心中有把尺子，因此上能顶天、下能立地，言之有据、言之有理。毫无疑问，文秀数十年来的组织工作经验，对官场文化弊端的了然于心，对民情民心的熟稔，有助于这本哲学为主题的书，免于空泛思辨，而是据事言理，寓理于事，具有可读性。

上饶自古是文化荟萃之地，不仅风景优美宜人，而且历史上文化名人众多。宋代洪迈父子、南宋词臣汪藻、“中国铁路之父”詹天佑、革命领袖方志敏都是名彪史册、千古不朽之人。我们上饶人，无论为官为学，都应该上不辱先人，更不能愧对革命先烈，愧对党和人民。我与文秀共勉，期望能在有生之年读到文秀更多更好的作品。

已亥年初春于北京人民大学寓所

（作者系当代著名教育家、哲学家，中国人民大学一级教授，第五届“吴玉章人文社会科学终身成就奖”获得者）

目　录

第一辑

第二辑

第三辑

第一辑

人生卷首語

2015年年底，辽宁《党建文汇》杂志社的同志登门造访，邀我给每一期杂志写“卷首语”。起初，我不敢贸然应允，生怕才疏学浅、自不量力，误了百万读者。可他们没有放弃，而是循循善诱、软磨硬泡让我妥协屈服。一番磨合磋商下来，确定以“人生”为主题，边走边想、边写边看，行则写下去，不行则收笔打住，却没想到就这样“脚踩西瓜皮”式地一写就写了三年。于是，不经意间有了这36篇不太像样的文字。

编辑后来跟我说，“卷首语”成了杂志的一个亮点，写了几期之后，经常有读者打电话到他们那里提前询问下一期的内容是什么；也有读者把每期“卷首语”专门拿给家人特别是孩子们看；还有的单位把“卷首语”复印给干部职工阅读，等等。读者的这些反应，给了我莫大的欣慰、鼓舞和鞭策。说实在的，我生怕自己缺乏自知之明，只管写而不管人家爱看不爱看，所以当自己感到力不从心时，当自己快要坚持不下去时，我就用读者的这些期待和鼓励来敲打自己。就这样，我被百万读者牵着、拉着走过了这三年难得又难忘的人生历程。

1．人生贵在『六种人』

走在人生路上，总会遇上这样那样的人，或好人或坏人。好人遇得多则一路顺途、爬坡过坎，人生之路香花弥漫；坏人碰得多则命运多舛、荆棘密布。其中，如果有幸经历这“六种人”，或是一种福，或有所成。

一是个人努力。一个人的成长进步，个人努力至关重要，这是内因，起着决定性作用。没有个人努力，再高的天赋，再好的聪明才智，都会消耗殆尽；没有个人努力，谁帮你都帮不上，所谓“扶不起的阿斗”和“烂泥扶不上墙”，说的都是这个道理。“勤有功嬉无益”，个人努力关键在勤。在个人努力的道路上，不妨做到四个“一定要”，即一定要始终精神不倒，可以被打败，不能被打倒，始终保持一个好的精神状态；一定要有一个精准的角色定位，不错位、不缺位、不越位才是到位；一定要经常善于总结，把总结经验教训当作“吃饭”的手段；一定要有“看家本领”，有自己的“独门绝活儿”和“核心竞争力”，才能立于不败之地。

二是高人指点。高人往往站得高、看得远、想得深、悟得透，能够高人一筹、深谋远虑。大凡高人，或有故事没事故，或既有故事也曾有事故，故事也好，事故也罢，都是人生极为宝贵的经验和教训。那些有丰富人生经历的过来人，就是我们生命中的高人，就是我们前行的路标和灯塔。他们的及时点拨或现身说法，能让人少走弯路，绕开岔路，不走错路，走稳走好自己人生的重要节点和关键路口，走出精彩。

三是贵人相助。一个人能否脱颖而出，能否有更大的舞台，能否在茫茫人海不被淹没，关键是能不能遇到贵人。贵人说到底是一种机遇、机缘和机会，然而，贵人是“给有准备的人准备的”。谁是贵人？组织是贵人、群众是贵人、领导是贵人。现在不少人有了一点成绩和进步，似乎都是自己“闯”出来的，看不到组织、群众和领导的影子。其实，离开这三者，寸步难行。碰上贵人，是福是缘。贵人能让你的关键点成为转折点，让你的起步尽早尽快地变成起飞。

四是家人支持。儒家提倡“修身齐家治国平天下”，其义也在于此。一个人要想甩开膀子、心无旁骛地干工作，背后得站着一个理解、信任、支持和给力的“亲友团”。当你顺风顺水、过关斩将时，他们给你掌声喝彩；当你腥风血雨、爬坡过坎时，他们给你助力加油。家人支持，最大莫过于理解、信任和包容，家人是“加油站”不是“拖油瓶”，是“垫脚石”不是“绊脚石”，是“避风港”不是“招风地”。“雷峰塔的倒塌，就因为捡砖的人多，添砖的人少”，一个家好比雷峰塔，好的家庭是充满正能量的，人人添砖添彩而不是添堵添乱。

五是友人帮扶。俗话说：“一个篱笆三个桩，一个好汉三个帮。”现实生活中，一直有“好事不出门，恶事行千里”之现象，众口铄金，唾沫星既可以淹死人，也可以成就人。如果众口一词地说某个人可交、可深交、可久交，那么一传十、十传百，这个人就自然有了人气、人缘和人脉；而如果大家都说某个人不可交，更不可深交，也不可久交，那么这个人势必形单影只、缺朋少友，甚至众叛亲离、孤家寡人。试想，倘若落到这般田地，谈何干好事、干成事？

六是小人作梗。在成长成功之路上，总会碰到各种各样的所谓小人。小人或争名或夺利，出于羡慕嫉妒恨而使绊、作梗、阻挠、刁难，甚至设局、下套、陷害。谁也不愿碰到小人，碰到小人终归是恼火、窝火的事。然而，越是这种时候，越是考验、磨砺一个人智慧能力和意志品质的时候，越是考验、检验一个人心态和心胸的时候。事物的辩证法告诉我们，碰上小人作梗并非都是坏事。小人作梗有时会更加激励自己、警醒自己，让自己如履薄冰、如临深渊，变得更加小心翼翼、谨言慎行。没有小人的日子，没有危机感，有时甚至会“温水煮青蛙”，不知不觉中安逸而亡。从这个意义上说，小人也许反而是我们的“恩人”，能让坏事变成好事。

如果说，个人刻苦努力了，又遇到了真正的高人指点、贵人相助、友人帮扶、家人支持，还能正确地面对小人背后的非议或是指责，就是有成之人。

2·带队伍的『三字经』

一支好队伍应该是“心齐气顺劲足风正人和”，一个好团队应该是“人人有事干、事事有人干”。团队怎么带、队伍怎么建，如何把工作干得有声有色、队伍带得有模有样，重点在于让人人明事理、懂规矩、守纪律、重程序、讲团结、有所为，这不失为队伍建设的秘诀。

一是明事理。简单地说就是懂事，就是明白事情的道理、弄清事物的规律，知道“你为什么而干”“你是干什么的”“你能干什么”“你该怎么干”。现在不少人就因为平时稀里糊涂地干、不明不白地活、似是而非地过，结果出了毛病、有了问题、踩了底线、越了红线，都还浑然不知，成了政治上的糊涂人、思想上的迷茫人、理论上的跟风人。明事理，才会政治上明白、思想上清醒和理论上自觉，才会有一个准确的人生方向和清晰的角色定位。

二是懂规矩。规矩是什么，就是用来约束和规范言行举止的那些理儿。现实中，有的人总觉得规矩可有可无、可硬可软，总是把它当作“橡皮筋”，或者当作“雨伞”来用，有的则弃那些“老理”不用或把“老理”乱用，搞自己的歪理，给自己留空间。没有规矩不成方圆。规矩有老规矩，也有新规矩；有硬规矩，也有软规矩；有约定俗成的，也有形成条文的。规矩是不能坏的，也是不能破的，更是不能逾越的。规矩一旦破了、坏了，就会形成“破窗效应”。一个团队里，不懂规矩就是不懂事、不知理。人人都得知规矩、懂规矩、守规矩，真正养成按规矩说话办事的好习惯。

三是守纪律。一段时间以来，一些人视纪律为羁绊，把纪律当摆设，甚至认为纪律是侵犯人权、限制自由，千方百计、挖空心思钻纪律的空子，成了“牛栏关猫”进出自由、天马行空独来独往。革命纪律性，无往而不胜。纪律是成文的规矩，是刚性的规矩，是步调一致、同行同向的保证，没有纪律只会是一盘散沙，各吹各的调、各走各的道。缺乏纪律约束的队伍只会是散兵游勇，缺少纪律要求的团队充其量只是一个“俱乐部”。用铁一般的纪律来约束人，养成在铁一般的纪律下行动的习惯，这支队伍就能一往无前、战无不胜。

四是重程序。如果说团队是一台机器的话，程序好比是机器运作的链条或者说是生产线，它把一个个生产要素井然有序地带动起来。然而，一些人常常不重视程序，有的忙时急时不考虑程序，在程序上“偷工减料”，有的则在程序上顺我者用、合意者用，不顺或者不合意者弃，搞变通、打折扣，甚至把程序当作幌子，实则搞程序“空转”，等等。从一定意义上讲，凡事严格走程序，“规定动作”一个不少，即便出了难免的差错也“情有可原”，而不重程序则可能“罪加一等”，这正是程序正义之所在。

五是讲团结。团结出战斗力、出形象、出干部，大量正反两方面的事实告诉我们，相互补台好戏一台，相互拆台共同垮台。有的团队内部你争我斗、追名逐利，搞得乌烟瘴气、生态恶劣，于事业发展无益，于个人进步无助。好团队应该是你落下我捡起、你忘记我提醒，相互抱团取暖，互帮互助。当然，健康的团结，不是搞团团伙伙，更不是搞江湖式的“金兰结义”，是讲团结但不结团，靠团队但不靠团伙，这样的团结才会有生命力，才能筑起事业发展、个人进步的生命线。

六是有所为。有为才有位，一个人和一个团队的影响力是干出来的。现在有的人面对新常态不作为、慢作为、不会为、不善为，好比大象屁股推不动，或者像算盘珠子一样拨一下动一下，这种状态怎么能干出成绩？无所作为又怎能有地位、有位置？久而久之，不作为、慢作为、不会为、不善为的人只会靠边站，缺乏干事创业的激情和活力、缺少干事创业的干劲和韧劲、缺失干事创业的那么一股子“气”、一股子“劲”的人只会被边缘化。

干事创业靠什么？可以说，从不同的角度有很多答案，包括靠带头人、靠创新创造、靠观念理念、靠制度机制等，但说到底还是靠这支队伍有梦想、能坚持，靠这支队伍能够明事理、懂规矩、守纪律、重程序、讲团结、有所为。

3·成长路上的四个『一定要』

走在成长的路上，坚持什么理念和坚守什么原则很重要。坚持那些最基本的、最简单的和最管用的，便能走得快、行得稳、飞得高，便能胜人一筹、脱颖而出，反之则走不快、行不稳、飞不起，就会淹没在茫茫人海里随波逐流。那么，哪些东西需要去坚持和坚守呢？

第一，一定要有一个好的精神状态。保持一个好的精神状态，始终是一个人成长进步不可或缺的重要因素和巨大动力。特别是当一个人遭遇困难和挫折的时候，始终做到精神不倒、能够愈挫愈勇显得弥足珍贵。事实上，一个人的成长进步不可能一帆风顺，总会有逆境、挫折甚至遭遇暗礁，但人可以被打败，却不能被打倒。俗话说："只要精神不滑坡，办法总比困难多。"彩虹总是出现在风雨后，黑暗之后必定是黎明。大量成功的事例告诉我们，一个人成长路上有两件事最值得骄傲：一是从成功中走出来，二是在失败中站起来，而且站起来的次数哪怕只比跌倒的次数多一次，你就是强者。要知道，人生的高度都是跌倒的经历垫起来的。成功的秘诀其实很简单，就是不怕失败和不忘失败。

第二，一定要善于总结。一个人的成长之路，实际上就是学习之路，走在成长之路上就是走在学习之路上。那么，在各种各样的学习方式方法中，总结是最好的学习。一个时期或一个阶段过后，一项任务或一件工作完成之后，都应该静下心来"回头看"，梳理梳理、回顾回顾、总结总结，都"做了什么""怎么做的""做得怎么样"。特别是，为什么要这样做而不是那样做，有什么心得体会、感受感悟？既要见物，又要见人；既要就事论事，又要就事论理；既要总结经验，又要总结教训。特别是善于把他人当作一面镜子、一本书和一个标杆，从中照差距、看得失、找因果，这样的总结才能有收获、有启迪，才会有质量，才会在总结中不断提高，在提高中不断总结。1956年，毛泽东主席接见李宗仁夫妇和程思远先生时，程思远告诉李宗仁，说毛主席“调查不够不决策，条件不备不行动”。毛主席笑了笑，问程思远：“你知道我是靠什么吃饭的吗?”程思远说不知道。毛主席徐徐地说：“我是靠总结经验吃饭的。”他把总结经验教训当成自己安身立命的手段和工具。可见，在一个人成长进步中“善于总结”的价值和作用了。

第三，一定要有一个精准的角色定位。一个人在其不同时期、不同阶段和不同岗位上，都要有一个与之相适应的角色定位。其中最重要的是把握好一个度，否则就过犹而不及，欲速则不达。把握不当，轻则闹笑话，重则走形变样，要做到就位不越位、到位不错位。比如，秘书的角色定位应该是：严谨不拘谨、低调不低声、昂扬不张扬、放松不放纵，就是要时时处处事事严谨细致、周到入微，但又不要像小媳妇一样捆住思想和手脚，要夹着尾巴做人，不仗势欺人、口大气粗，但又得敢于并善于发声，积极建言献策；又比如，领导干部的角色定位应该是自信不自负、谦虚不谦卑、大气不霸气、有骨气没有傲气，始终做到把责任举过头顶、把道义扛在肩上、把百姓装在心中、把名利踩在脚下、把本色进行到底，这样“为官”才让人敬重敬佩又敬爱，才能凝心聚力、干事成事。

第四，一定要有“看家本领”。看家本领就是要有自己的一技之长，甚至独门绝活儿。比如，有的人是“政策通”“活字典”“一口清”；有的人经验丰富，特别善于破解难题，善于处理突发性事件，是“狙击手”“消防员”；有的人特别细心，“文经我手无差错，事经我办无事故”，是“放心牌”；有的人则特别会写，是不可或缺的“文字高手”，等等。谁有了“看家本领”，谁就有了底气、信心和优势，就抢占了制高点，拥有“舍我其谁”的资本。一个人能不能高人一筹、快人一步，就在于有没有自己的“看家本领”，有没有自己的“品牌”，有没有练就“硬功夫”，这种“看家本领”就是要人无我有、人有我优、人优我特，这是一个人的核心竞争力所在。

这四个“一定要”是前行的“路牌”，是进步的阶梯，是成长的“垫脚石”，不妨试着用一用，可助人成长。

4.为官者的『从头到脚』

为官者，为何为官？这是每个为官者都得深入思考、精准定位和正确选择的现实问题。定位准、选择对，则平安为官、健康为官、幸福为官。对照正反两方面的镜子，党的干部应当“从头到脚”这样去做：

第一，始终把责任举过头顶。“为官避事平生耻，视死如归社稷心。”为官第一位的就是敢负责、能担当、有作为，否则要官干什么，选官为什么，养官图什么？现在，有的地方和单位出现所谓的“为官不为”，这应该是为官者的一种耻辱，挂帅不出征、坐诊不号脉的“不为”者就应该靠边站、丢位置。干部干部，理应先干一步、多干一步、快干一步，才会进步。为官者无论有什么理由，都不能不干事，不然就得腾位置、摘“帽子”，不干事就是政治上的“坑蒙拐骗”。为官者应该“甩开膀子干”“踮起脚尖干”，尽职尽责、尽心尽力去摘那些“跳起来能摘到的桃子”。为官者带没带责任、带多大的责任干事业，效果是大不一样的，带着责任就会有“我要干”的内生动力，就会有只争朝夕的紧迫感，就会把职业当事业乃至当生命来看待、来追求。

第二，始终把道义扛在肩上。道义乃道德和正义，是做官的一种准则。古人云：君子谋道不谋富。古往今来，大丈夫、真君子崇尚修身德行而不去谋求个人私利。现实中，有的为官者习惯跟风不跟理、唯上不唯实、从上不从道，骑墙者有之、跟风者有之、软骨者有之、弃义者亦有之，甚至整天昧着良心说话办事，等等，如此为官迟早得栽跟头。走正道、行大义，乃为官者之天职。党的干部要有“铁肩担道义”的风范，常怀公正之心、常行公道之举、常言公平之语，不偏不倚，不畏不媚。“吾爱吾师，吾更爱真理。”追求真理、肩扛道义是为官者的一种价值理想。

第三，始终把百姓装在心中。群众在干部心中的位置有多高，干部在群众心中的分量就有多重；只有把群众放在心上，群众才会把干部放在台上。优秀县委书记焦裕禄“心里装着全体人民，唯独没有他自己”；领导干部的楷模孔繁森“一个人爱的最高境界是爱别人，一个共产党人爱的最高境界是爱人民”……他们都是为官的标杆、镜子和旗帜，应当向他们看齐，以民为天、以民为重。作为人民公仆，应该时刻把群众利益放在心上，须臾不可偏离。任何时刻、任何事情上都要想着群众高兴不高兴、满意不满意、答应不答应，把群众的安危冷暖、喜怒哀乐作为一切工作的出发点和落脚点，在兹念兹。

第四，始终把名利踩在脚下。天下熙熙皆为利来，天下攘攘皆为利往。看重名利是本能，淡泊名利是本事。都说名利是身外之物，生不带来，死不带去，然而芸芸众生又有多少人真正能淡泊名利、放下名利？这道人生难题，为官者务必要去破解它。谁破解好了，谁就找到了平安为官的“金钥匙”。作为党的干部，还是要从世界观、人生观、价值观中去找答案，这是“总开关”。什么样的世界观、人生观和价值观，决定了什么样的名利观。“求名心切必作伪，求利心重必趋邪”，追名逐利乃万恶之源。名利是为官者的一道大关、一种大考，真正放下了、看透了、想通了，善莫大焉。“看尽人间兴废，不曾富贵不曾穷”“名利于我如浮云”，此乃为官者的大彻大悟。“宠辱不惊，闲看庭前花开花落；去留无意，漫随天外云卷云舒。”挡得住诱惑、守得住清贫、坐得住冷板凳，是为官者的一种境界和大美。

第五，始终把本色进行到底。做人做事做官皆有本色，说真话实话心里话是本色，艰苦朴素、勤俭节约是本色。然而时间长了、身份变了、岗位换了，有的逐渐被染了色，甚至变了味、跑了调、走了样。现实中，经常有人丢掉本色，迷失自我。变色则是变本的开始，而且离彻底变质也就不远了。这就需要经常静下来、沉下心，回头看一看你当初出发时的初心、初衷是什么？不忘初心、不改初衷，这是为官者最好的一种状态。

每一个为官者要想站直了、不趴下，要想走得稳、行得远、飞得高，就得“从头到脚”打通经络、疏通关节，这“五句话”便是经络和关节，疏之通之则可堂堂正正、清清白白、干干净净、快快乐乐为官。

5 · 事有所成的『八字诀』

一个人，无论是想学成一样东西，还是想干成一件事情，取决于很多因素，其中“兴趣、勤奋、坚持、得法”是缺不了、少不得的关键要素，是成功路上的“通行证”，是学有所成、事有所成的“硬通货”。

一是兴趣。爱因斯坦有句名言：“兴趣是最好的老师。”大凡成功者，“成功的秘诀在于兴趣”。古今中外，这样的例子俯拾皆是。牛顿看到苹果从树上落下，产生浓厚的兴趣，结果研究发现了万有引力；爱迪生从小爱好做实验，最终成为大发明家；陈景润喜欢数学，也就有了后来攻克哥德巴赫猜想，等等。对事物或者说你所从事的事业抱有浓厚的兴趣，便会满怀着热情、充盈着激情。有了兴趣，就会心无旁骛、专注入迷；有了兴趣，便对事业和生活充满了希望和信心，便有了足够的勇气和力量；有了兴趣，就会变“要我学”“要我干”为“我要学”“我要干”，内生动力如朝阳磅礴而出、似泉水迸发涌动。那么，人的兴趣从何而来？兴趣从好奇中来。好奇会激发内心一种探索的冲动和欲望，“打破砂锅问到底”就是求知的好奇心使然，而一次次的获得和满足又会产生新的强烈兴趣，对于内心深处的好奇之苗要注重培育，让它不停地生长。兴趣从趣味中来。兴趣兴趣，有了趣味才有兴致，没趣的事情哪来的心情去做，对于心中的趣味之光要注意点燃，让它不断地闪亮。

二是勤奋。“业精于勤，荒于嬉”、“勤有功，嬉无益”、天道酬勤、勤能补拙，等等，这些话昭示了勤奋成就人生、逆转人生的朴素道理。王羲之是东晋有名的书法家，他每天练字，练完之后就会在家门口的一口池塘里洗笔，日复一日竟将整口池塘的水染成了黑色，像墨一般，人们把这口池塘叫作“墨池”。王羲之的儿子王献之，七八岁的时候，跟着父亲学书法，有一次他向父亲讨教书法的窍门，王羲之指着院子里的十八口大水缸说：“写字的秘诀，就在这些水缸里面，你把这十八缸水写完就知道了。”王献之就是这样坚持不懈地勤学苦练，终于写干了十八缸水，开创了一代书法新气象。父子两代人一起诠释了勤奋的真谛。“书山有路勤为径，学海无涯苦作舟。”勤奋是通往成功路上的捷径，再高的智商和天赋离开了勤奋都一钱不值、一事无成。高尔基说过：“天才出于勤奋。”郭沫若也说过：“形成天才的决定因素应该是勤奋。”吃遍千辛万苦、走遍千山万水，比他人付出更多一些、更努力一点、更舍得花时间和精力，便能心想事成。吃苦耐劳是勤奋的左右手和亲兄弟。

三是坚持。做任何事情，成于坚持不懈，毁于半途而废，这是大量正反两方面事实反复证明了的真理。难在坚持、贵在坚持、成在坚持、赢在坚持。坚持就是一种坚守，是对既定目标的一鼓作气、一如既往、一以贯之乃至一往情深，坚持需要毅力、耐力和定力。人生好比登山，一路或许有不少岔路、斜路甚至歪路、错路在干扰、诱惑，这时候是对一个人定力的考验，要看准方向心无旁骛。一般来说，登山的路前面走起来相对轻松容易些，而越到后面接近目标的时候，越是对一个人毅力、耐力的考验和挑战，“无限风光在险峰”，要咬紧牙关一鼓作气，坚持就是胜利。著名的“荷花定律”告诉我们一个道理：拼到最后，拼的不是运气和聪明，而是坚持和毅力。不少人就是在最后关头退出，选择了放弃，败在“最后一公里”，倒在成功前的“一米线”上。从这个意义上讲，坚持是最宝贵的状态。

四是得法。凡事都有方法，学习有学习的方法、工作有工作的方法；凡事也得讲究方法，方法得当、有效，则事半功倍，反之，则事倍功半。方法是对蕴藏于事物本身的内在特点和规律的揭示，是为获得某种东西或达到某种目的而采取的手段和办法。换言之，方法好比过河的桥和船，找到了方法便找到了事物的特点和规律，便有了解决问题的路径和钥匙。然而，现实中一些人或不重视、不讲究方法，或苦于找不到有效方法，更不善于创造新方法，盲干、蛮干者有之，依葫芦画瓢、凭想当然“吃饭”者亦有之。得法，在于获得有效管用的方法，它或是老师教的，或是自己琢磨出来的，或是书本上学的，或是从实践中总结出来的。无论怎么得来的，科学得当、有效管用的方法是做好事情的重要保证。

6·安身立命靠什么

一个人靠什么来安身立命？现实中，各有各的说法和答案，或靠一技之长，或靠人脉关系，或靠机缘巧合……然而，无论什么角度，其中有五个维度是十分重要的。

一靠以情为重。“问世间情为何物？”情，乃发轫于心、流淌于血、维系于脉的一种自主自觉。据说仓颉举一生之力创造汉字，最后一个字就是“情”字。“情”从心，是一种心理活动。人非草木，孰能无情？亲情、友情、爱情、人情，等等，所谓“七情六欲”乃人之所有，也是人有别于草木、区别于动物的标识。一个人有没有感情，是做人有没有温度的“测量仪”。然而，当下市场经济的一些法则渗入不少人的头脑和血液中，使得人类至真至美的感情被打折、遭丢失。有的人重物质轻感情，常说“感情值几个钱”“感情不能当饭吃”；有的人凡事讲交换，弃感情于一边，甚至为一己私利出卖感情，拿感情来搞变通、做交易；有的人把讲感情者当傻子，认为其迂腐，觉得讲感情吃亏，于是变得虚情假意或冷酷无情，等等。“感人心者莫先乎情”，以真情才能换真心。在市场经济年代里，守住一份真情、保持一份纯情，既难得，又珍贵，应该是做人的本色。

二靠以诚为本。诚心诚意诚信、坦诚真诚忠诚，天底下一切事物的存在皆有赖于诚。自古以来，人们一直把“诚”当作为人之道的中心思想，看作立身处世的根本。《礼记·中庸》中说：“诚者，天之道也；诚之者，人之道也。”孟子也说：“反身而诚，乐莫大焉。”荀子则说：“君子养心莫善于诚，致诚则无它事矣。”何谓诚？宋代理学家朱熹说得很明白：“诚者，真实无妄之谓，天理之本然也。”然而，当下诚实的缺失、缺损俨然成了我们这个社会的一种痛和一种病，形形色色的坑蒙拐骗、五花八门的欺诈虚妄、眼花缭乱的耍奸溜滑，让诚信蒙羞受辱，人们呼唤诚实的回归和苏醒。说真话、做真人、干真事，表里如一、言行一致，让诚实扎根于心，成为至真至美、至静至灵的一种精神，这是成功做人和做人成功的根本。

三靠以善为先。善良的人，时时刻刻都替人着想、与人为善，每每都会有善言善行善举。善良的人不与人争长短、惹是非，“择其善者而从之，其不善者而改之”。善良之人，有仁爱之心，仁者爱人，简单地说，就是对人好，宽仁慈爱，“老吾老以及人之老，幼吾幼以及人之幼”；有恻隐之心，悲天悯人，心肠好、很柔软，特别是对弱者乐善好施，极富同情心；有辞让之心，温良恭俭让，容言容事容人。俗话说：“善有善报，恶有恶报。”时时处处事事以善为先，是做人的一种大情怀，它怀柔天下，既让阳光普照他人，又让自己的人生道路阳光灿烂、花香弥漫。

四靠以和为贵。“礼之用，和为贵”，这是《论语》中的古训。孟子提出“天时不如地利，地利不如人和”，把“人和”置于“天时、地利”之上，足见“和”之重要。俗话说，家和万事兴，和气生财，等等。《史记·廉颇蔺相如列传》中讲述了战国时期赵国廉颇和蔺相如“将相和”的故事，正因蔺相如有着“以和为贵”的大胸怀，才对廉颇一再容忍、退让，“每朝时，常称病，不欲与廉颇争列”，终使秦国不敢侵犯赵国，留下“以和为贵”的千古佳话。然而，现实中，一些人在名与利上总是斤斤计较、寸土不让，甚至因一句口角演变成“全武行”，大打出手，火药桶般一点即着，急躁暴躁、斗气斗狠，结果弄得两败俱伤，相互拆台共同垮台，成了“零和”游戏。以和为贵是大智慧、大本事，也蕴含着大格局、大境界，能做到的人是真君子、大丈夫。

五靠以廉为生。无论做人为官，还是从政经商，一个“廉”字值千金，应该把“廉洁”“廉耻”作为生命之源、生存之道、生活之味。“清如秋菊何妨瘦，廉如梅花不畏寒。”廉是护身符、是驱蚊剂、是防火墙，“水美不在深，而在清澈；人美不在貌，而在廉洁。”廉从何来？知敬畏、戒贪欲、守清贫、保气节，廉自然就能内化于心、外化于行，相伴永远。想想看，多少人曾出发时豪情万丈、意气风发，起步时踌躇满志、春风得意，路途上功成名就、众人艳羡，却一不小心栽在一个“廉”字上，令人扼腕叹息。廉是红线、底线和生命线，在这条线上失守，意味着生命之源枯竭、生存之道堵死、生存之味变质，唯有咬紧牙关严防死守，生命之花才会永远绽放而不凋谢。

安身立命靠什么？归根结底，靠德才兼备、以德为先。“以德为先”就在于讲“情、诚、善、和、廉”，这“五靠”是德的铺展和延伸，是制胜法宝、取胜钥匙，是安身立命的“五大基石”。

7 · 幸福感从哪里来

人在工作、学习和生活中，都会情不自禁地追求和向往幸福，有了幸福感，便会有满足感和快乐感，便会内生出一种动力。那么，人的幸福感从哪里来？有的来自事业有成、功成名就；有的来自服务社会、造福于人；有的来自受人尊重、被人需要、得人喜爱；还有的来自简简单单的衣食无忧、身体康健、儿女快乐，等等。然而，一个社会和一个地方、部门或单位，如何让每个人的幸福感在内心生长，让幸福感满满？换句话说，工作中人的幸福感从哪里来？

从吃苦不吃亏中来。干工作、做事情、学东西，吃苦是必须的、难免的，甚至是经常的。天上不会掉馅饼，从来没有一点儿苦都不吃，便轻而易举或轻松随便就能获得的成功。俗话说：只要能吃苦，黄土变成金。“宝剑锋从磨砺出，梅花香自苦寒来”，任何成功都是从千辛万苦中得来的。应该说，吃苦不可怕，也不算啥，有时吃苦还是福，吃苦的道理和好处不言而喻。问题在于吃苦也要“吃”得值，不但“吃”出味道来，而且“吃”出成果来，做到一分耕耘能有一分收获，一片付出能有一片获得，倘若做的都是“无用功”，这个苦就吃得不值，会吃得沮丧、失落和没有劲儿。一个地方、单位和团队，如果公平正义当道、公正合理盛行、公道正派厚植，让吃苦的人不吃亏，至少不吃大亏，不吃“哑巴亏”，让他们虽吃苦却能受到公平、公正、公道的对待，得到合情、合理、合适的待遇，该有的都有、该给的都给，那么，这个地方、单位和团队里的人便会有满满的幸福感。

从受累不受气中来。正如吃苦一样，劳累的事总得有人去干，特别是一些脏活细活累活、杂事琐事默默无闻的事，既累身又累心，默默地、悄悄地甚至是抢着去干，这需要一种境界。然而，现实中有这样境界的人，有时会遭受委屈、被人误解。有的会被说成是假积极、在作秀；有的会被看成是出风头、好表现；有的会被怀疑有企图、有目的；还有的甚至会被揶揄为“没有用”“太无能”，等等。好人不但得不到好报，还遭排挤、被挖苦、受打击，让好人流汗又流泪。其实，受累不要紧，要紧的是既受累又受气、边受累边受气。在这个时候，要敢于为担当的人担当、为负责的人负责、为受累的人受罪，激浊扬清、祛邪扶正，该批评教育的要批评教育，该表扬褒奖的表扬褒奖，特别是要在关键处、转折点、紧要时站出来为这些人说话，挺身而出当“出气筒”，替受累的人“背书”“背黑锅”。“佛争一炉香，人争一口气”，很多人有时候其实就是为了一口气而活着，为争一口气而在乎，所以，有时不要让他们受气比什么都重要。让好人神气不憋气、受累不受气，则会让做事的人幸福感充盈。

从埋头不埋没中来。总有一些“老黄牛”式的人，他们往往不“显山露水”，更不会“长袖善舞”，而是像牛一样俯首攒力、躬背拉犁、任劳任怨、默默奉献。“老黄牛”式的人大多只会干事而不会“来事儿”，只会听话而不会“说话”，于是常常被人“忽略不计”，不起眼儿到似乎“可有可无”，结果被淡忘、被忽视，甚至被边缘化，等等。“老黄牛”式的人如果因为埋头而被埋没，轻则伤人心，挫伤人的积极性，重则模糊人的是非观，扭曲人的价值观。对于埋头干事的人，应该高看一眼、厚爱一等、提携一把。高看一眼就是要看重、看高他们，心里常惦念着他们，眼里有他们的身影，心里有他们的位置；厚爱一等，就是要平时多了解，非常时多理解，既排忧解难，又撑腰打气；提携一把，就是平时多关注、用时多关心。让埋头干活的人多“出头”，让他们有盼头、有奔头、有劲头，成为“香饽饽”，埋头干事的人幸福感就会油然而生。

幸福感是具体的而不是抽象的，是实在的而不是空洞的，是生动的而不是苍白的，是温暖的而不是冰冷的。人的幸福感无论有多少种，但说到底，无非一种是来自物质的，一种是来自精神的。而来自物质的幸福是短暂的、不可持续的幸福，总有一天它会随着物质的消散或被满足而逐渐淡去乃至离去。只有来自精神的幸福感，并由此产生的身心快乐和满足，才是永远的、不尽的。吃苦不吃亏、受累不受气、流汗不流泪、埋头不埋没便是一种精神上的快乐、满足和幸福。

8 · 可用心相交的三类人

人生路上会碰到或交往各式各样的人，会接触一拨又一拨、一茬又一茬的人群，然而什么样的人可交，能不能用心相交？这需要好好辨别。倘若看不清、辨不明、认不准，不可交的却交之，不可深交的却傻傻地往深处交往，不能久交的却偏偏强扭着、硬着头皮交往，则会吃亏上当、受骗被蒙，搞得心灰意冷、灰头土脸。在这些人中，有三类人值得我们用心相交。

一类是恃才不自傲的人。“恃才傲物，宜溢曰骄。”有点才华便时不时“得瑟”，表现得骄傲自满、扬扬得意，这是一般人的通病。有的人只喜欢或只听得进好话、恭维的话，而不喜欢或根本听不进逆耳的话、批评的话和反对的话，“老虎屁股摸不得”；有的人根本不把别人放在眼里，总是瞧不起这个瞧不起那个，自命不凡；有的人居功自傲、不可一世，甚至经常口出狂言、傲慢无礼，等等。三国时期有个叫祢衡的人，自幼才华过人，能言善辩，但总是刚愎自用、固执己见，似乎三山五岳都不在他眼里，他曾“击鼓骂曹”，被曹操送给刘表，又讥讽刘表重用亲信，惹刘表大怒，后又被刘表送给江安郡太守黄祖，结果他又当众辱骂黄祖，终至被黄祖所杀。还有一个叫许攸的人叛袁绍而投奔曹操，助曹操战败袁绍，然而他以此居功自傲，甚至常常在公众场合对曹操不恭，出言不逊，结果也被曹操所杀。恃才傲物的是一般的人，有才却不自傲才是不一般的人，他们自信不自负、自尊不自大，像成熟的麦穗，越有成就越低调、越有本事越谦虚，圆融通达，不事张扬。一个有才华却不把自己太当回事的人，人家就会把他很当一回事；一个眼里常有他人的人，人家的心里就会常有他。

一类是人阔脸不变的人。鲁迅先生曾经讥讽中华之“怪现状”“一阔脸就变”的人，这个“阔”是指发财、升官、出名，有的人有钱了，或有名、有权了，身份地位一变，脸也就跟着变了。热脸变成了冷脸、笑脸变成了苦瓜脸，晴转阴、熟转生，像川剧中的变脸戏法，一会儿一个脸色。“一阔脸就变”，从一个平常人、正常人变得势利、功利、虚伪和浅薄。“阔”了不可能不变，也不怕变，但如果变得人人认不出来，甚至连自已都认不出则是很可怕的。眼下一些有钱人，有钱就任性，曾经有“土豪”竟然放出“豪言”买豪车要连同车模一起买，真可谓财大气粗、忘乎所以。钱也好、名也罢，都是身外之物，不为钱所累、不为名所累，不被它们所左右而能掌控它们则是有大本事、大境界的人。真正的大商人有钱而不任性，既能聚财又能散财，真正有出息的和有成就的老板“既能当老板，又能睡地板”，而且特别懂得尊重人，知道感恩这个时代和社会，常怀善良之心、恻隐之心、平和之心。老子曰：“良贾深藏若虚。”财大而不气粗是一种修养和修为，有钱不任性是一种清醒和自觉。

一类是官大不压人的人。俗话说，官大一级压死人。官有大有小，权有重有轻，不以官大而欺人，不以权重而压人是官德高尚的表现。然而，现实中有一些人，“一朝权在手，便把令来行”，奉行有权不用过期作废，或者还根深蒂固地残存着当官做老爷的思想。于是，有的习惯以权压言，“只准州官放火，不许百姓点灯”；有的喜欢以权压事，只要有违自己意、有犯自己利、有悖自己愿的事就千方百计动用手中的“资源”“一掩二埋三处理”，采取各种办法摆平；有的甚至以权压法，通过“打个招呼”“关照一下”，随意干涉司法，搞权大于法、权高于法，“我就是法”，还是那一套“和尚打伞无法无天”，等等。压言、压事、压法，说到底就是权力任性。还有的尽管官不大，但因为手里有实权，也常常吹胡子瞪眼睛，颐指气使、欺压百姓，等等。安徽桐城有个著名的“六尺巷”，说的是清康熙年间，文华殿大学士兼礼部尚书张英，其家人与邻居吴家因宅基地发生争执，张家人千里飞书禀告张英，让张英“摆平”此事，谁知张英批诗一首，寄回老家。家人得书，豁然开朗，遂让三尺，吴家深感张英宽容谦让，也让出三尺，于是，便有了今天仍传为佳话的“六尺巷”的故事。张英官大不压人，赢得了人心、教育了后人。

常言道："将心比心。"人心是互相的。恃才不自傲、人阔脸不变、官大不压人，不但是有才不任性、有钱不任性和有权不任性，而且是待人真心、对人诚心、不忘初心，这样有修为、有品行的人，与之可用心相交。

9·选择·坚持·放弃

记得当年大学毕业的时候，老校长语重心长又言简意赅地跟我们说："你们走出校门、走向社会，要记住人生其实有三件事情最重要：一是知道如何选择；二是明白如何坚持；三是懂得如何放弃。"斗转星移，流年似水，至今想起这话仍意味深长。

知道如何选择，决定路走得对不对。人生时时处处都面临着各种各样的选择，工作中有职业的选择，学习上有专业的选择，生活里有朋友的选择，大到选择走什么路、读什么书、交什么友，小到选择有什么兴趣爱好、吃什么饭菜佳肴，等等。选择无处不在、无时不有，不知道如何选择，就等于不知道如何生活。然而，现实中不愿、不敢和不善选择的人不在少数。有的人生活过得慵懒而闲散，总是“饭来张口衣来伸手”，习惯于“被选择”“被安排”，还美其名曰“随遇而安”；有的人面对机遇和挑战，“一等二看三通过”，患得患失、左顾右盼，犹豫不决、优柔寡断，等等。选择有对有错，正确的选择决定正确的人生，错误的选择很有可能毁掉人生。人可以有过错，但不可以错过。该选择的时候不愿、不敢或不善于选择，则“过了这个村没这个店”，机不可失、时不再来。正确的选择取决于什么？说到底取决于正确的人生观和价值观，当一个人感到困惑、迷惘而不知道如何选择的时候，如果站在当初起点上去看自己的人生、看价值取向，会豁然开朗起来。当代儿童文学家秦文君说得好，人的生命是一个灿烂的过程，每个人都是世上的一个过客，要做怎样的过客，那是每个人的选择。选择做怎样一个“过客”，是其他所有选择的“总开关”。

明白如何坚持，决定路走得远不远。“骐骥一跃，不能十步；驽马十驾，功在不舍。”做任何事情，成于坚持不懈，毁于半途而废。坚持说起来轻松，做起来不轻松；表面上看容易，实际上不容易；刚开始时简单，越到后面越不简单。就好比登山，能不能领略“无限风光”，贵在坚持，所谓坚持就是胜利。然而，在攀登的路上，有的人起头很顺、起初很热、起步很快，甚至一起步便实现了起飞，可是走着走着“精力”逐渐不集中，“体力”也逐渐透支，于是有的人开起了小差，为了走所谓“捷径”，走到岔路、斜路，甚至歪路、错路上去了；有的人打起了小算盘，徘徊不前、裹足不行，迈不动脚、走不动路了；更有甚者，一路走来有功劳也有苦劳，不容易、不简单，可惜却跌倒在了成功前的“一米线”上，没能走完“最后一公里”，让人唏嘘不已。人这一生，难在坚持、贵在坚持、成在坚持、赢在坚持。有哲人说：成功根本没有秘诀，如果有秘诀的话只有两个词——谦虚、坚持。这坚持那坚持，最重要的是坚持出发时的初心不变、初衷不改，多问一问：“我是谁？我从哪里来？我往哪里去？”在一次次的躬身自问中不迷失方向，以一如既往的毅力、一鼓作气的耐力和一往情深的定力实现人生目标。

懂得如何放弃，决定路走得好不好。人需要坚持，也需要放弃；需要“得”，也需要“舍”。事实上，有时必要的放弃是为了更好的选择，合理的放弃实际上是一种拥有，是一种新的开始，可以获得新生。东汉末年，神医华佗的美名在民间传开了，引起朝廷的注意，朝廷于是举荐华佗为“孝廉”，被举为“孝廉”意味着做官，可是华佗放弃了。他觉得“举为‘孝廉’也许是做官发财的阶梯，但对我来说只不过是一个虚名罢了，哪有我为乡亲们治病更有意义呢”。几年后，他又放弃了被应征到都城洛阳太尉府的美差，仍旧从医，终成流芳千古的一代名医。懂得放弃的人，是一个懂得自己想要和不想要、能要和不能要、该要和不该要什么的人，人不能什么都想要，什么好处都想占。眼下一些为官从政的人，有的总是这也想要那也想得，心比较贪，有的既想做官又想发财，总想“甘蔗两头甜”，鱼和熊掌兼得，贪大求多、贪好求全，最后落个竹篮打水一场空。对于当下不少人来说，懂得如何放弃显得更为重要和突出，真正“放得下、看得透、想得通”，该放弃的放弃，则能够更好地发展、更好地获得和拥有。

无论是选择，还是坚持，抑或是放弃，说到底都是人生的一种态度，一个人成功与否就在于这三件紧要事是否做到或是否做对。选择对的、坚持好的、放弃错的，人生的道路就会越走越宽广、越走越亮堂。

10·可为·可不为·不可为

俗话说："新官上任三把火。""新官"走上各级领导岗位伊始都自然会思考"干什么""怎么干"，会谋划自己的"三把火"。然而，这"火"该烧什么、怎么烧，哪些事情可为或可不为或不可为，其实，无论是"新官"还是"旧官"，都应该想清楚、弄明白。

管理学上有个著名的三圈理论，它构建了"价值""能力"和"支持"三要素分析框架，三要素分别代表三个圈，三圈全部重叠部分，属于既有价值又有能力，并能得到各方支持的事，这样的事可为；只有两圈重叠的部分，则可不为，或可暂时不为；而三圈根本不交叉重叠的部分，则属于不可为的事。三圈理论给我们颇多启示。

可为之事当全力去做，这是一种责任和担当。在千头万绪、纷繁复杂的事情当中，哪些事是可为之事？不少干部未必搞得很清楚，而有些干部虽然搞清楚了却不愿、不敢和不善作为。现实中，有的热衷于做一些显山露水、“贴金露脸”的事，对老百姓呼声高、诉求大的民生实事提不起劲、动不了情，甚至对老百姓急着等米下锅的事，竟然“你急他不急”，好比大象屁股推不动；有的计较于自身的利益得失，对那些利长远、动筋骨的改革创新，缺乏动力、不感兴趣，“一等二看三通过”，甚至或明或暗地“软抵制”；有的满足于喊口号、提理念，对那些“深水静流”悄无声息诸如环保、生态建设等事情不冷不热，等等。没有意义的事不必做，没能力办到的事无法做，得不到最广泛支持的事做不成。干部、干部，干事为第一要务；干部、干部，干事才有进步。要干事，就得全力去干那些既有意义，又有能力，并且得到最广大干部群众支持拥护的事。对于真正可为的事，要既坐诊又号脉、既出工又出力，在有为中有位。

可不为之事当量力去做，这是一种清醒和自觉。孟子有句名言："人有不为也，而后可以有为。"范晔在《后汉书》中说："然则有所不为，亦将有所必为者矣。"世上之事，当有所为有所不为，而不为或一时不为并非不能为，实乃一时的条件不成熟、不具备，倘若硬着头皮勉强为之，则必定事与愿违或事倍功半。这些年，一些地方接连不断出现被群众叫停的PX项目，从一个侧面说明可不为的一些道理。有的人总是片面地认为只要"有价值"又"有能力"就可以脑袋一热、胸脯一拍干起来，不管也不顾群众意愿，还美其名曰：看准了就干。有的虽然老百姓有需要，客观上也有必要，但自身条件不够，能力有限，却迷信"有条件要上，没有条件创造条件也要上"，搞"霸王硬上弓"，盲目蛮干、硬干，结果导致了不少"僵尸项目""烂尾工程"等。做事情，不能只凭一腔热血，或只顾一厢情愿。有时候，有些事情条件不具备、不成熟时，不妨暂且缓一缓，不可操之过急，有时"慢下来"也不失为一种良策。要"跳起来摘桃子”，既要尽力而为，又要量力而行，特别是要关注最广大老百姓的哭与笑，这是可为与可不为的“指挥棒”和“分水岭”。

不可为之事当坚决不做，这是一种意志和定力。对于党的干部来说，不可为的事很多，从大的方面看，违背党的主张、触犯群众利益、违反党纪国法等底线的言行都是毫不含糊决不可以为的事。这里的不可为主要是就做事而言。没价值去做、无能力去办、群众又不支持的事自然不可为。然而，这简单明白的道理，在有些人眼里就是“揣着明白装糊涂”，或者明知不可为而为之。有的信奉“干部出数字，数字出干部”，于是一味在GDP等数字上做文章、“玩游戏”；有的好大喜功，迷恋“面子工程”“马路经济”，于是热热闹闹搞“造城运动”；有的热衷于打造个人威望、树个人形象，于是今天提这个口号，明天换那个口号，搞张书记种树、李书记砍树，还炮制眼花缭乱的新名词、新概念，等等。这些事情既没有任何意义和价值，又让老百姓反感和厌恶，可谓有百害而无一利。对于不可为之事，重要的是有正确的价值观、名利观和政绩观，学会算大账而不是一味算小账、看长远而不是一味看眼前、装着群众而不是一味装着自我。这样，心里头才会亮堂，才不会不可为而为之。

为官从政，对自己要做的事情，要心里有谱、脑里有弦，想清楚、弄明白，哪些事可为，哪些事可不为，哪些事不可为。可为之事全力做、可不为之事量力做、不可为之事决不做，这是当下难能可贵的一种清醒和自觉。

11 · 经营好自己

任何事情都是需要经营的，人也是需要好好自我经营的。如果放任自流则会自生自灭，倘若苦心经营便能茁壮成长、健康发展。经营是门大学问，经营好自己是大本事、大智慧。在经营管理自己的路上，有“四句话”值得恪守。

一是把好自己的口。人生在世少不了说话，但说什么、怎么说切不可随随便便，不可以信口开河。“沉默是金，开口是银。”一个人在说话之前是话的主人，话说完之后便成了话的奴隶，正所谓覆水难收。孔子说："君子讷于言而敏于行。"不是什么话都可以任性说的，也不是什么场合、什么对象都能够随便说的。现实中有的人总是口无遮拦，不管什么话、不看什么人，也不顾什么地方，信口雌黄，甚至胡言乱语，结果祸从口出、因失言而"失身"，惨遭秒杀、付出代价。"可与人言而不言，失人；不可言而与人言，失言。知者不失人，亦不失言。"失言是言语上的"出轨"。一个人说话要注意说三种话，即说有思考的话、有分寸的话和有选择的话，唯此才算是把好了自己的口。

二是明了心中的事。人不能做糊涂事，对于自己干什么、怎么干要一清二楚，有的甚至事前要计划好、规划好、设计好和论证好，有目标方向、有原则要求和有方法步骤，做到心中有数、脑中有事。然而，有些人常常像无头的鸡，跌跌撞撞、稀里糊涂地活着，对于自己是干什么的、该怎么干毫无头绪，结果做起事来总是东一榔头西一斧头，做一天和尚撞一天钟，得过且过，一事无成。要明了心中的事，得想事。脖子上的脑袋不是拿来当摆设的，而是拿来想事的。所谓动脑筋，就是脑袋瓜要不停地、不断地动着。要明了心中的事，得记事。老忘事的人不单是记性的问题，更主要的是用不用心、在不在状态。明了心中的事，得装事。目标大心则大，心有多大就能装多大的事。反之，心中不装事必定是个没理想、没抱负的人。要经常明了心中的事，做一个心里有谱、做事靠谱的人。

三是干好手里的活。干活的境界不是“要我干”，而是“我要干”；干活的好坏不是把手里的活当生存的手段，而是当成生命价值的体现，不仅仅是把工作当作职业，而是当成事业。活有大小，能力有高低，但是，只要投入进去，就能干好手里的活。干好手里的活，需要“安专迷”的工匠精神，做到心静、心细。慢工出细活，心浮气躁、急功近利干不好活，得心沉下来、静下来，身段放下来、步子慢下来，有波澜不惊、从容不迫、沉稳淡定的心态，才能出好活、干大活、做细活。干好手里的活，需要有真本事、硬功夫。“没有金刚钻，别揽瓷器活。”有的人能力不够，却要强出头，本事不大却一味想干大活，结果不是功败垂成、铩羽而归，便是丑态百出、笑话不断。在干活中边想边干，在边想边干中边长本事，只有手里有牌，才能干好手里的活。

四是走好自己的路。一个人的命运说到底掌握在自己手里，路是靠自己走出来的，前途是凭自己奋斗打拼出来的。走好自己的路不容易，先得走对路。世上的路有千万条，适合你走的路靠自己去摸索，一旦找到了一条适合自己的路，就一往无前地走下去，因为鞋子合不合适只有自己穿了才知道。走好自己的路不简单，得走到底。选择对了就要义无反顾、一往无前。在这个过程中，会有各种诱惑、陷阱甚至“围猎”在等待，会有各种噪音、杂音，有时甚至“高分贝”的干扰，会有各种岔路、斜路、歪路甚至错路分心，等等，要有抗压性、耐受力。走好自己的路，关键在起步，得扣好人生的“第一粒扣子”；走好自己的路，根本在过程，得时不时地停下脚步总结总结、梳理梳理，搞“回头看”，不忘初心、不变初衷；走好自己的路，重要在结伴儿，要走得快一个人走，要走得远就结伴而行。不过，结什么伴儿特别需要讲究，当慎交友、交诤友。只有这样，才能让脚下的路走得顺、走得稳、走得远和走得好，走出一路的花香弥漫。

12·做一个有价值的人

有一天，经过单位食堂厨房，见墙上贴一纸条，原以为可能是菜单菜谱之类的东西，没想到走近一看，上面赫然写着：做一个对单位有价值的人。食堂厨房里贴出这么励志的标语，着实让人感到意外，也颇有意思，看罢耐人寻味，颇以为然。

人活着怎样才有意义，怎样活着才有价值？不同的人有不一样的选择，不同的人有不一样的答案。奥斯托洛夫斯基有一句耳熟能详的名言：

“当回忆往事的时候，他不会因为虚度年华而悔恨，也不会因为碌碌无为而羞愧；在临死的时候，他能够说：‘我的整个生命和全部精力，都已经献给了世界上最壮丽的事业——为人类的解放而斗争。’”这句话曾经激荡过多少人的心灵，点燃过多少人的激情岁月，其中的道理很简单，就是要努力去做一个有价值的人。

一个有价值的人，首先得有用。价值首先取决于他的使用价值，毫无使用价值的人，价值自然无从谈起。应该说，世上本无无用之人，人人皆有用，就看放在哪个位置上，有用没用只是相对而言的。人的本事有大小、能力有高低，大有大的用途，小有小的作用。不过，有用没用会因为条件的变化而不断转换，过去有用不意味着今天有用，今天有用不等于明天有用，一个人如果不注意经常不断地去“长本事”，有用会变得没有用，没用会更加“一钱不值”，结果会被看不上、用不了，渐渐地被边缘化。然而，现实中，一些人似乎并不这么想。他们中有的更愿相信命运、迷信运气，把不被重用往往归咎于命不好、运气不佳；有的指望找靠山、寻背景，或者“只要有个好爸爸”，把自己没能混出个名堂来常常怪罪于关系不硬、没有靠山、没有后台；更有甚者，推崇所谓拼“颜值”，一味靠吃青春饭，靠搞歪门邪道的炒作、五花八门的包装来吸引眼球，搏出位，把价值寄托在“颜值”上，等等。这样的人谈何有用，这样的人生哪来的价值？没有本事，徒有一种愿望或想法，只能是“白费蜡”。

一个有价值的人，关键得有为。一个人价值大小要看他贡献率的高低，贡献有多大，价值就有多高。有的人可能有本事，但是他不愿为不作为，那也等于没用；有的人表面看起来可能没本事，甚至可能“没用”，但他愿作为敢作为能作为，而且尽己所能、尽力而为，做出了成绩，实现了自己的人生价值。贝多芬失去听力，却毅然用感觉来感受，成为一代音乐巨人，开启了浪漫主义之先河。当代科学界泰斗霍金失去了常人所具备的运动能力，只能被固定在轮椅上，在常人眼里可能是个没用的人，但他残疾而不残废，凭借几只可以活动的手指，用键盘表达思想，写出了著名的《时间简史》，为世界作出了贡献，他的成就和贡献让他成了对人类有重大价值的人。这样有为有益的例子不胜枚举。有为才有位，有为才有价。一个人的贡献虽然有大小，但只要是一个对社会有益有为的人，或立功，或立言，或立德，便是有价值的人。

一个有价值的人，重要得被需要。一个人的价值通常不是与劳动的辛苦度成正比，而是与劳动的不可替代性成正比。如果一个人在众人心目中缺不了、少不得，常常被人想起、念起、提起，一旦有活儿非他莫属，一旦有事非他不可，这样的人自然是有价值的人。重庆市江北区观音桥街道办事处马善祥，二十多年如一日做群众工作，提炼形成了一整套“老马工作法”，成了群众离不开、少不了、缺不得的贴心人，他虽然平凡但不平庸，用他自己的话来说：一辈子做群众需要的人。被需要就是被肯定、被信赖、被认可，就是不可或缺，就是一个有价值的人。

人生在世都有存在的价值，就像任何东西都有不同用处一样。但是，有没有价值不是自己说出来的，而是做出来的。人人都去努力，做一个小到对家庭、对单位，大到对社会、对国家、对民族有价值的人，便是拥有了一个有意义的人生。

13·成就自我的『密码』

人生如白驹过隙，生命短暂。在有限的生命里，如何打造一个大写的人，塑造一个精彩的自我，得掌握其中成就自我的“密码”，有“四句话”很值得悉心体悟。

一是胸有大志。一个人成不成功，得看有没有志向。志向就是抱负，就是理想，就是有一个奋斗的目标、一个心中的梦想，这是前行的灯塔，是方向。没有梦想的人生是迷茫的、空虚的，甚至是无聊的，如同行尸走肉。人总是要在内心指望、期盼和希冀点什么，给自己一个活下去和往前走的理由，从而赋予自己人生向上的力量。“胸有壮志云，无高不可攀。”《史记》中记载，年少时的陈涉，曾与别人一起被雇用耕地，虽然地位卑微，却胸有“鸿鹄之志”，发出“嗟乎，燕雀安知鸿鹄之志哉”的感慨。草活一世为装点大地，烘托生机；人活一世为心中梦想，实现价值。“哀莫大于心死。”只要心是热的，始终有远大的志向在鼓舞自己，生命就会翩翩起舞。未来是从梦想起步的，人生是从抱负起航的。也许一些人没有那么大的抱负或者那么多的追求，这不要紧，只要立志去做一个对社会有价值的人，迟早有一天会成就自我。

二是腹有诗书。成就自我不是说说而已的，一靠读书学习，二靠实践锻炼。知识不一定改变命运，但知识会给改变命运创造机会。所以，人务必不断地学习，充实自己。现实中，有的人腹中空空，或者肚子里尽是酒水甚至是坏水，而不是墨水，这哪来的气质形象？“胸藏文墨怀若谷，腹有诗书气自华。”人未必都能做到学富五车、才高八斗，但一定要努力做一个有学识的人。学识学识，只有学习了才有知识，有了学识，人生就有了高度、深度和厚度，就有了修养、涵养和素养，就有了文雅、高雅和儒雅。人到最后，实质上拼的是气质而不是颜值，再美的容颜、再高的颜值，都会无情地衰退，唯有气质会伴随终生，甚至历久弥香。人可以草根，但不可以草包，要不当草包就要一直走在学习的路上。人的外貌只是让别人认识你，而人的内涵却可以让别人记住你。

三是心有大爱。有爱的人生，能够经常幸福着别人的幸福、快乐着别人的快乐、满足着别人的满足，自我会高大起来，人生会充盈起来。爱是阳光雨露，只要心中有爱，人生路上就能邂逅幸福，遇见花开。而现在有不少人似乎不懂得爱了，他们爱的意识弱化、淡化，爱的能力退化。有的人觉得风气不好、人心不古，由信任危机演化成爱的危机，不相信爱也不敢、不愿和不会爱。一个人内心始终坚信爱、言行播撒爱，人生就很充实、快乐和幸福，就是一个阳光的、纯粹的、满满正能量和有益于人的人。孔繁森说："一个人爱的最高境界是爱别人，一个共产党人爱的最高境界是爱人民。"人间有爱，才是晴天；人心有爱，才能挡风雨。

四是术有专攻。“闻道有先后，术业有专攻。”一个人要立足、想出众、能胜出，得有自己的一技之长，而且完全地沉下来、钻进去、有所获。现在，有不少人干什么事情都习惯于停留在一知半解、蜻蜓点水上，满足于“也许”“大概”“可能”“差不多”，或者经常“打一枪换一个地方”，结果往往一事无成，竹篮打水一场空。“万金油”是很难派上大用场的，也是很难成大器的。人得有“工匠精神”，爱一行专一行，干一件成一件，要有“一以贯之、一如既往、一干到底和一往情深”的痴迷劲，成为某个领域、某项工作的“活字典”和“一口清”，成为“缺不了、少不得、离不开”的行家里手。

人可以拥有很多东西，然而这“四有”是真正的财富，既是“护身符”，又是“好法宝”；既是“动力源”，又是“金钥匙”。做这“四有”之人，便成就了一个成功的自我。

14·健康人生的『八个有』

什么样的人生模式是有意义、有价值的？怎样的工作、学习、生活和交往状态是健康快乐的？尽管答案有很多，不过，以下这“八个有”，不失为好答案。

一是有声有色地工作。人都得工作，工作最美丽，劳动最光荣。从一定意义上讲，人生就是工作，工作就是人生。倘若人不去努力工作，过着寄生虫式的生活，那样的人生无异于行尸走肉、尸位素餐。社会发展、人类进步，一刻也离不开每一个人的辛勤工作。然而现实中，有的人或被动、被迫地工作，似乎工作只是为了生计，纯属“稻粱谋”，于是做一天和尚撞一天钟；或简单机械地工作，每天都只是在“重复着昨天的故事”，依样画葫芦；或只是停留在“交差”“完事”，更多的是一种应付，等等。当然，干工作不一定都去追求轰轰烈烈、惊天动地，那既不现实，也不可能，但应该人人“撸起袖子加油干”，努力追求把工作干得漂亮、干得出彩。如果能创造性地工作，那更是一种境界。为团队增光、给集体添彩，让你的工作成为“缺不了、少不得、离不开”的一个部分，便是在有声有色地工作。有声有色地工作能够生产快乐、点燃幸福、提升价值，人往往因工作而美丽，因快乐而工作。

二是有滋有味地生活。工作好，生活才好；生活好，工作更好。人不是机器，更不是生活在真空里，让生活过得有滋有味是天经地义、情理之中的事。然而，有的人忽略生活、冷落生活，像个工作狂，只顾工作，整天“白加黑”“五加二”“夜总会”，从来没假休，也从来不休假；有的人则不会生活、不懂生活，要么把“胡吃海喝”当成了生活，要么把“搓麻桑拿”等同于生活，要么什么爱好也没有，“躲进小楼成一统，管他冬夏与春秋”，过着苦行僧般的生活，等等。他们不知道让心灵放飞于书海，把心情寄托于山水，更不懂得陶冶自己的情操，生活过得没品位、没情趣。现实中，一个什么都不懂，也不会生活的人是枯燥乏味、索然无味的。在生活的天地里，得学会认真品味生活，做一个有张有弛、生动有趣的人，做一个有滋有味懂生活的人。

三是有质有量地学习。学习是陪伴一生的事情。台湾作家三毛说：“要么读书，要么旅行，身体和灵魂必须有一个在路上。”宋代黄庭坚说：“士大夫三日不读书，则义理不交于胸中，对镜觉面目可憎，向人亦语言无味。”近代学者林语堂曾劝人们找到“文学上的爱人”，等等。当下，一些人或不爱学习，或不善学习，究其原因，学习时间少和学习能力低兼而有之。有的整天是“手机控”“低头族”，看的都是泡沫化、碎片化的讯息；有的一年到头读不了两三本书，即便是看书，也是看一些实用性、功利性很强的书，诸如养生、投资理财等，甚至热衷于看厚黑学、权谋术之类，坐不住，也静不下心来读读经典。学习是进步的阶梯，不愿、不爱和不善学习的人，人生一眼看得到底，不愿、不爱和不善学习局限着一个人的成长和成熟。在心浮气躁、急功近利的当今社会里，有质有量地学习则意味着抢占了人生的制高点，赢得了人生的未来。要想有质有量地学习，在于让学习成为一种习惯、方式和常态。

四是有模有样地做人。做什么样的人，怎样做人是每一个人的必答题。在这道考题面前，芸芸众生答案五花八门，然而说到底无非是成功或不成功两种答案。不成功地做人，讨人嫌、让人厌、被人骂、遭人弃，落个众叛亲离、孤家寡人，甚至千夫所指的结局。而成功地做人，讨人爱、惹人喜、被人宠、受人敬，结果是左右逢源、人见人爱、有口皆碑。成功做人的标准当然有很多，也可谓仁者见仁、智者见智，但是说一千道一万，其实就是做一个真善美的人。有模有样、有胆有识和有情有义便是对真善美的具体诠释，说白了就是做一个纯粹的人、一个脱离了低级趣味的人、一个有益于社会的人；就是做一个有家国情怀的人、一个有大格局的人、一个顶天立地大写的人。做人成功，做事不成功是暂时的；做人不成功，做事成功也是暂时的，做人永远是第一位的。

人生就像一道多项选择题，困扰你的往往是众多的选项而不是题目本身。健康人生在于，在众多的选项中不为所惑、不受其扰，选择对的，做对的选择。

15·走好生命这趟旅行

生命说白了就是一趟旅行，如何让这趟旅行既有意思、又有意义，既风景旖旎、又风光无限，既走得完美、又过得精彩，要有四件东西带在身上、相伴而行。

记住起点，才不会迷失自己。一个不知道来路的人，是没有出路的人。“我是谁?”“我从哪里来?”经常一次又一次地这样拷问自己，则会于纷繁复杂、扑朔迷离的尘世中不忘初心、不变初衷。人生的旅途上，走着走着，特别是走向声名地位筑起的高台时，容易或多或少地走失甚至走丢一部分真实的自己。有的人做人的本色渐渐褪色；有的人精神家园长出了杂草；有的人生命的本真变得模糊，等等。这需要我们经常扪心自问："我是谁?""我从哪里来?""我为何而来?"追寻生命的本真，才会纯净质朴，荡涤内心过多的欲望，生活才会简单而幸福。台湾作家林清玄说得好："回到最单纯的初心，让世界的吵闹去喧嚣他自己吧，只愿我们心怀清欢，以清净心看世界。"记住起点，做人就有了真模样，便拥有一种可爱的美。

看清终点，才不会走错了路。一个不清楚方向的人，是没有未来的人。既要知道"我是谁""我从哪里来"，又要明白"我去哪""我往哪里去"。生命这趟旅行，要翻越千山万水，走过风霜雪雨。在这个过程中，有的人可能耐不住寂寞、挡不住诱惑、坐不住冷板凳；有的人或许经不起挫折、委屈和失败，于是渐渐走到小路、岔路、斜路甚至错路上去了。人非圣贤，孰能无过。走偏了不可怕，也在所难免，可怕的是失去了纠偏的意愿、勇气和能力，世上的路只有回不去的，没有过不去的。人生其实很简单，往自己感到踏实的地方走就不会错，尽量不去对一些或有或无、似是而非的人与事动心，静下心来听自己的声音。“咬定青山不放松……任尔东西南北风。”要始终弄清楚我们要去哪里、最终想得到什么、最后要留下点什么，就会脚跟站得稳，做事有大方向、做人有大原则，排除万难，最终站在人生的高处。

带上阳光，才不会感到寒冷。在生命的旅途中，很多阴影的出现，是因为我们自己遮住了阳光。一个人无论去哪儿、什么天气，都记得带上自己的阳光，就能遇见花开，拥有一个澄澈透明的天空。自己的阳光是什么？就是一个阳光的心态。何谓“态”？心大一点便为态。一个人只要心大一点，能够容言容事容人，豁达敞亮、干净纯粹，生命就有一股清流涌动。自己的阳光，就是内心深处的真善美。做真实的自己，左边是善良，右边是爱，人生的旅途就会春暖花开。我们未必是太阳，但心中要有那一米阳光；未必是月亮，但心中要有那一片皎洁。

边走边想，才不会虚度光阴。有人说，人生实际上有三种状态，一种是理想人生，一种是现实人生，一种是感悟人生。人们都在向往、憧憬和追求理想人生，然而又都得面对现实人生，有时现实人生跟理想人生是有落差的，这种落差会让你感到无奈和纠结。不过，无论哪种人生，你都可以去做一个积极的思考者，踱着方步去找寻人生的真谛。现实中，不少人在人生的旅行中，不愿也不善于思考，成了“思想懒汉”，甚至徒有一副皮囊，结果生命的油灯耗尽，自己也没留下一点痕迹。人区别于草木，说到底就在于有思想、有感情，脑袋长在脖子上面是用来思考的，而不是当作摆设的，要让生命的旅程花香弥漫，边走边想才会收获满满。

16·做一个有温度的人

人字一撇一捺，看似简单，实则不简单；说起来容易，做起来却不容易。做人得像阳光，给人温暖；似春风，给人清爽；如雨露，给人滋润。做一个有温度的人，让自己的人生春暖花开。

一是口中有德。一个人可以缺钱缺物，也可以缺这缺那，但最不可或缺的是德。缺德则会立不住、行不稳、走不远、飞不高，缺德则会被人戳脊梁骨，缺德是最大的缺陷和缺失。现实中，缺德的表现有很多种，有言语上的，也有行为上的。缺口德就是言语上的缺失。缺口德的人往往口无遮拦，动辄骂骂咧咧，或口大气粗，或恶语爆粗，想怎么说就怎么说，想说什么就说什么，想对什么人说就对什么人说，想在什么场合上说就在什么场合上说，完全不顾及他人的感受，表现得尖锐、尖酸、尖刻，有时还极尽讥讽、挖苦和嘲笑之能事，对人施以“软暴力”。人要口中有德，说话留有余地，不能不依不饶、得理不让人。俗话说得好，“良言一句三冬暖，恶语伤人六月寒”。很多时候，一句同情、理解和宽慰的话，往往给人莫大的信心和勇气，而一句不合时宜的话，则让人悲观和失望。口中有德，是做人的大修养，可以造就一个有厚度的人。

二是目中有人。眼睛是心灵的窗户，从这扇窗户，可以看见一个人心灵深处想什么、要什么。人的眼睛里大体有两种情形：一种是眼里只有自己，而没有他人；另一种是眼里只有他人，而唯独没有自己。前者自私，后者无私；前者心中有“鬼”，后者心中有人。现实中，有的人眼里见物不见人，眼睛里充满了“名利场”，布满了欲望和奢求，于是，眼光变得昏暗、无神和浑浊；而有的人似乎也有他人，但都是些“有钱”“有权”或“有势”的人，眼神儿功利而世俗。心里有什么人，眼里就有什么人。当年，焦裕禄心中只有群众，而唯独没有他自己，他的眼里都是老百姓。一个心中装着他人的人，特别是那些无钱、无权和无势的人，那些有困难、无助无奈的人，眼睛是透亮、清澈和光明的。目中有人，可以造就一个有温度的人。

三是肩有担当。温暖的人总是可以替人遮风挡雨，天塌下来能够顶着。然而，有的人在关键时、紧要处、危险地、拐弯口，见困难则躲、遇矛盾则绕、视危险则避、碰拐弯则抢，甚至当突发性事件从天而降时，把安全留给自己，把痛苦和危险乃至死亡推给他人，甚至是老人、孩子和妇女，这在生活中时有所闻、时有发生。“时穷节乃现”“板荡识诚臣”。急难险重是试金石，大事难事看格局，急事险事看境界。一个拿得起、放得下，肩膀硬、腰板直、敢担当的人，总是那么让人放心和值得信赖。肩有担当，可以造就一个有力度的人。

四是行中有善。善良是灵魂的微笑。心地好的人总是有一些善言、善行和善举，言行举止中透着善心、善意和善良，行中有善是做人的最大美丽。不过，现如今，膨胀的欲望使不少人的善心变得有些羞涩，炎凉的世态让不少人的善意显得有些尴尬，日下的世风让不少人的善举被无情地蹂躏。于是，不少人似乎“学乖”了，有的甚至走向了善的反面，干起了损人利己或损人又不利己的傻事、蠢事和坏事来，有的还变得伪善、假善或“口言善而身行恶”，等等。罗曼·罗兰说过：“善不是一种学问，而是一种行为。”他还说：“灵魂最美的音乐是善良。”卢梭也说过：“善良的行为使人的灵魂变得高尚。”追求善良、践行善良，是一种高贵的行为，它让世界充满爱。“勿以恶小而为之，勿以善小而不为。”行中有善，可以造就一个有高度的人。

予人玫瑰，手有余香。总是给人温暖的人，便是一个有温度的人，他温暖世间、温暖众人，也温暖自己的人生。

17·学会积聚自己的气场

气场是一个人所散发出来的一种隐形力量，是一个人对周围人施加或产生影响的一种看不见、摸不着却能感受得到的作用力。气场对于一个人而言很重要。气场强的人，能够掌控局面、驾驭局势，形成一个以我为主、随我而动、对我有利的局面；气场强的人，有很大的感召力、凝聚力、吸引力和控制力。学会积聚自己的气场，是成功者的成功之道。

增强足够自信，是积聚气场的秘诀。自信，说白了就是自己相信自己，对自己有足够的信心。有自信的人未必有气场，但有气场的人必定很自信。一个连自己都不相信的人，凭什么让别人听他信他？大凡气场足的人，皆为自信心满满的人。自信者总是落落大方、泰然自若，表现得乐观而豁达、开放而轻松，在人群中流光溢彩，获得他人的认同，赢得众人的欣赏。人的自信是怎样炼成的？一是见过大世面，或者叫大场面，很多东西都看过、听过，也就不惊不惧、不怯不畏；二是上过大舞台，在大舞台上表演过的人则波澜不惊、从容不迫，不慌不忙、不紧不慢；三是干过大事情，打过大仗、硬仗、恶仗，经历过遭遇战，甚至生死战，能够兵来将挡，水来土掩；四是经过大考验，大考验便是大挑战，让人的内心变得更加强大，不再脆弱。总之，有气场的人往往是那些有丰富经历和经验的人，他们见多识广，自信满满，底气十足。拿破仑说："自信是成功者的第一秘诀。"自信是做人做事底气所在，有了这般底气也就有了收放自如、纵横捭阖的气场。

具备足够能力，是积聚气场的钥匙。气场强并不是比谁的嗓门大、调门高，也不是比谁的年纪大、资格老，更不是比谁会发脾气、敢耍横，似乎声色俱厉就是有气场。气场强的人，往往不怒而威、不言而慑，其背后有很强的能力在支撑。人的能力有大小，然而有三种能力对于形成一个人的气场至关重要。一种是交流沟通力。一个不愿意和不善于与人交流沟通的人是很难形成气场的，从某种意义上来讲，能说会道、能言善辩往往更有鼓动性，能产生吸引力。另一种是灵动善融力。气场是在互动中产生的，互动不仅仅是口头表达，有时肢体语言和表情也很重要：笑容满面、和蔼可亲，勤勉克己、谦逊有礼，不卑不亢、正派正直，大义凛然、无私无畏，等等。举手投足、言行眉宇间释放出人格的力量，也释放出一种不可抗拒的气场。再一种是组织协调力。善于把复杂的问题简单化，把有意义的事情做得有意思，举重若轻、内紧外松，说话办事特别靠谱，有办法、有主见，让人信赖，成为主心骨。这三种人让人心悦诚服，进而形成气场。

拥有足够气势，是积聚气场的法门。气场是由一定的气势促成的，很难想象一个整天疲疲沓沓、软弱无力，萎靡不振、无所用心，瞻前顾后、患得患失，胆小如鼠、束手束脚的人会有什么气场。气场足的人有一种气势，这种气势表现在气质上，往往一出场或一出现便让人眼前一亮、心头一热、精神一振，文雅、儒雅、优雅、高雅集于一身；表现在气度上，气定神闲，有大将风度，如大海一般容纳百川，似天空一样浩瀚无垠，修养、涵养、教养融于一体；表现在气概上，镇得住场面，稳得住阵脚，能压倒一切困难而不被困难所压倒，征服一切险阻而不被险阻所征服，甚至于关键时、紧要处能力挽狂澜，有一种气吞山河般的英雄气概，大气、骨气、豪气和英雄气集于一身。

气场不可或缺，更不可多得，学会积聚自己的气场是真本事、硬功夫，也是一门大学问。能积聚起自己的气场，便是一个有魅力的人。

18 · 守住快乐之源

人生在世，无非就是一个不断寻找快乐、追求快乐和获得快乐的过程。虽然人都是伴随着第一声啼哭而来，又裹挟着最后的哭泣而去，但是，向着幸福快乐出发，抵达幸福快乐的彼岸始终是不变的目标和方向。那么，人到底应该如何才能生活得快乐？

一是知足常乐。知足常乐是很多人常常挂在嘴边的一句话，然而古往今来，芸芸众生又有多少人能够真正而彻底地做到？更多人或知易行难；或一时一事易，一生一世难；或顺风顺水时易，逆风逆水时难，等等。人所有的烦恼和苦痛都是因不知足惹来的，正所谓“人苦不知足，既平陇，复望蜀”。有的人做官不知足，左比右比不服气，前比后比不满意，上比下比不舒服，结果焦虑、愤懑而郁闷；有的人生活不知足，今天锦衣玉食，明天豪车别墅，贪图享乐，欲壑难填，结果失落失衡、牢骚满腹、怨天尤人。对于不知足的人来说，没有一把椅子是舒服的。其实，不管什么人，“有千顷良田，一餐只食三碗。有万间房宇，一夜只睡一床”。一个人的快乐，不是因为他拥有得多，而是因为他计较得少。知足者，贫贱亦乐；不知足者，富贵亦忧。一个人倘若能够常往低处看、坏处想，而不是一个劲儿地往高处看、好处想，能够知足地对待名利，甚至粗茶淡饭随缘过，富贵荣华不强求，则能“处世流水落花，身心皆得自在”，落个“两袖清风，一身轻松”。知足常乐是一种价值取向，更是一种好的修养、品质、境界和心态，真正知足也就常常快乐了。

二是助人为乐。一个人过得一般时，要知足常乐，而过得好时，则要懂得助人为乐。助人为乐既是中华民族的传统美德，也是一个人真善美的体现。如果说，快乐是人生中最为美丽的彩虹，那么帮助别人则是人性中最为美丽的甘霖。然而，曾几何时，帮助人本来是一件很有意义也很快乐的事，却被搞得很闹心、很纠结，甚至很不爽，因为帮助他人而被骗的有之，被讹的有之，被赖的亦有之，等等。于是，人们感叹世风日下，人心不古，不愿甚至不敢帮助人，害怕善良的心被欺骗、被绑架和被愚弄。这当然是当下社会的一种悲哀，但它绝不是也不应该是文明健康社会的一种主流和常态，更不是也不应该是文明健全人的一种选择和态度。“老吾老以及人之老，幼吾幼以及人之幼。”助人为乐，是人格的一种升华，是人性中的大美，它似春风、如阳光，温暖滋润着人们的心田。当他人在困顿时、危险地、紧要处、转折点、病痛中，“病人之病，忧人之忧”，不以善小而不为，都是真善美的绽放。“弯下身子帮助他人站起来，这是对心灵最好的锻炼。”当一个人做了一件好事后，心里总是喜滋滋的，会油然而生一种难以言状的轻松和喜悦。助人为乐的人是一个真正的人，更是一个拥有幸福快乐的人，能够幸福着他人的幸福，快乐着他人的快乐。

三是自得其乐。有时得学会自己去寻找、去发现、去体会快乐，这个过程即便很辛苦，也能乐在其中，甚至可以苦中作乐。自得其乐呈现出来的就是一种悠然自得、逍遥自在、优哉游哉的状态。综观人之烦恼，皆是因放不下、看不透、想不通和忘不了而来的。一个人能否自得其乐，就看你是不是放下了、看透了、想通了和该忘的忘掉了。快乐其实就在于你是否看淡世间物欲和烦恼。“人生无常亦有常，随天意自得乐趣。”人有时需要点自我陶醉精神，执着于自己的事业，甚至兴趣爱好，沉醉其中，做到“安专迷”，快乐也就随之而生了。

人过得一般时要知足常乐，过得好时要助人为乐，处于逆境时要苦中作乐，闲暇孤寂时要自得其乐，这样的人生才守护住了快乐之源。

19·练就高人一筹的『硬功夫』

做人不可以高人一等，但得高人一筹，从思想、品行和能力上都能够优人一层、先人一步、多人一招、快人一分，练就过硬内功，这样才能脱颖而出、迅速胜出。

敏于观察。观察力是观与察的有机统一，观只是看，而察则是一种分析和判断。如果说，观需要的是视力，那么，察需要的则是眼力。人与人之间最大的差距不在视力上而在视野上，能够透过现象看本质，见微知著、入木三分，对未发生的事情能预测得到，对隐藏的问题能发现得了。观察之可贵在于敏锐和敏感，能够观人之所未观，察人之所未察；观察之可贵还在于经历和经验，“涉浅水者见虾，其颇深者察鱼鳖，其尤甚者观蛟龙。”我们常说，“春江水暖鸭先知”“春到人间草木知”“花间觅路鸟先知”，就在于鸭子、鸟儿、草木等不但敏感而敏锐，而且有经历和经验。人得有一双慧眼，能够一眼识破天机。当谬误与真理千缠百结，当诡谲与事实纵横交错，当现象与本质扑朔迷离时，一双慧眼能拉开人与人之间的差距。现实中，不少人对发生的事情看见等于没看见，心不明眼不亮，表现得麻木不仁、习以为常，这样的人只会让机会跑了、问题溜了。要高人一筹、有所作为，就得敏于观察。

勤于思考。人是会思考的动物。正如帕斯卡所说：“人是为了思考才被创造出来的。”德国戏剧家布莱希特也说过：“思考是人类最大的乐趣。”思考可以架起一座桥梁，让我们通向真理的彼岸。但是，现实中有的人不爱思考、不善思考，宁可做“思想懒汉”，不愿动脑筋，不愿想问题。脑袋长在脖子上是用来思考的，而不是当摆设的，活着就意味着思考，大凡脑子经常在不停转的人，一定比他人多一分收获。有的人经过思考，“使我们阅读的东西成为我们自己的”，而且还可以获得新的知识；有的人“下决心培养思考习惯”，从而得到“生活中最大的乐趣”；还有的人借助思考“在正确和错误之间二者择一”，接近和找到真理，等等。华罗庚说：“独立思考能力是科学研究和创造发明的一项必备才能。”让勤于思考成就自我、实现价值、创造真知灼见，这是思考的力量所在。

善于总结。善于总结既是一种工作方法，更是一种人生智慧。总结经验，也总结教训；总结自己，也总结他人；总结工作，也总结思想，等等。在总结中不断提高，在提高中不断总结。总结是一种最好的学习习惯。然而，一些人不重视总结，也不善于总结，结果是“脚踩西瓜皮”，工作和自己都得不到提高，常常原地踏步，甚至在同一问题上还经常犯同样的错误。联想集团创始人柳传志说得好：“一流的人才都是善于总结的人。”而他自己就是这样一个人。在70年的人生历程中，他总结出无数宝贵经验，也使后来人在他总结的经验教训中成长。毛泽东有句名言：“我是靠总结经验吃饭的。”善于总结，事半功倍；善于总结，才能更好地看清来路和去路，更好地不忘初心，继续前行。

精于表达。有人说，人有两次质的飞跃，一次是把心中的想法变成说法；另一次是把想法、说法变成具体办法。在实现第一次飞跃中，有说法的确很重要。说法就是表达，还不仅仅是一种口头表达，更重要是一种文字表达。不善说、不会写，在一些人身上是短板和弱项。有的人“心中一团火”，想法很多，可一旦要他表达出来，却语无伦次、结结巴巴、词不达意，或者自说自话、自拉自唱、自娱自乐，经常“脑子一团糟”“表达一团麻”，自己急得团团转。一个人要想很好地说服人、影响人和感召人，离不开很好地交流和沟通，表达则是交流沟通不可或缺、极其重要的手段。精于表达的人往往善于归纳、提炼和概括，有的还善于讲故事、举事例、用数据，做到“头脑清醒、思路清晰、条理清楚、语言清新”，让自己的话语既深刻、又生动，既精彩、又精辟，使自己的思想插上飞翔的翅膀。

20·涵养做人的四种气质

气质是一个人身上所映射或折射出来的心气儿，它好比人身上的胎记，洗不掉、擦不去，恰似人身上的基因密码，可以意会却难以言传。人的气质表现在很多方面，其中有四种气质值得自己有意识地孕育和涵养。

一是痛而不言。人这一生，谁没有个苦痛？然而，有的人碰到一点苦痛便大呼小叫，生怕人家不知道；有的人甚至把一分痛说成十分痛，言过其实，夸大其词。但是也有一种人，虽经苦痛却无所畏惧，淡定从容，甚至笑对苦痛，灿若夏花。这种不言不是不痛，而是敢于直面痛苦，勇于战胜痛苦；这种不言既是一种坚强，也是一种修养，既是一种智慧，也是一种境界。人应当工作上呱呱叫，不应当遇到问题时嗷嗷叫，有点苦痛就大喊大叫，这是一种脆弱的表现。罗素说："累累伤痕是生命给你的最好礼物。"与其遇人便喋喋不休，不如痛而不言，让灼痛成为一种经历和财富，用灿烂明媚的笑脸去遮掩内心的苦痛。"大浪淘沙始作金"，彩虹总在风雨后，只有经过暴风雨洗礼的人，才会像雄鹰一样展翅高飞。

二是累而不烦。人生好比赛场，充满着竞争，是一场激烈的拼搏。面对各种各样的挑战和压力，人们别无选择，都得撸起袖子加油干，卷起裤子拼命干，于是不少人"白加黑""五加二""夜总会"。面对劳累和疲惫，有的人整天抱怨，怨天尤人；有的人感叹生活之艰辛，心烦意乱，焦躁不安，把"累死了""烦透了""没意思"挂在嘴边，等等。然而，也有的人虽然累却不急不躁、不慌不忙，结果把原本累的事处理得很轻松，让压力变成了动力。人的所有烦恼大体源于放不下、看不透、想不通、忘不了。当你累了一天下来，倘若能够放下身段、放松身体、放飞心情，有时包括放开胃口，不让杂事扰乱自己的心境，不想过去、过好当下，烦恼自然也就跑了。真正的累是心累，最大的烦是心烦。“不乱于心，不烦于想，则能安心。”让自己的心放空，“多飞一会儿”，虽然累一些却也不烦了，累而不烦是一种本事，也是一种心态。

三是气而不恼。生气是某种事物或现象与自己内心的是非、对错及好坏标准相背离时的一种情绪反应。在平时的工作、学习和生活中，谁都难免会碰上令人生气的人与事。当一个人碰到生气的事时，不恼怒、不暴躁、不失态，这是一种大本事。然而，当下社会不少人都显得急躁、暴躁甚至狂躁，不能“有话好好说”“有事慢慢来”，而是像“火药桶”一样，一点就着，一言不合便动粗，骂骂咧咧的有之，拳打脚踢的也有之。恼是很狼狈的，气急败坏、恼羞成怒，尊严和斯文也就无从谈起。人应当大气而不应当气大，俗话说“气大伤身”。修养好的人即便是内心很生气，也表现得若无其事、不愠不怒、不动声色，有气却不随便发泄出来，有火却不随意发作开来，甚至还能笑而不语，这得有大海般宽阔的胸怀，有“风物长宜放眼量”的情怀。

四是惊而不乱。处变不惊、临危不乱，既是一种风度，更是一种气度。现实中，一些人面对突发性事件，或者处在紧急时、危险地，常常束手无策、不知所措，甚至惊慌失措、乱作一团。然而，也有的人面对突如其来的事时，能够沉着冷静、从容不迫，逢山开路、遇水搭桥，兵来将挡、水来土掩。每临大事有静气，靠的是坚定的信念和顽强的意志，靠的是稳固的心态和不变的定力，靠的是可贵的自信和不屈的韧劲。没事不惹事，有事不怕事，怕事无济于事，只有见招拆招，才会变有事为无事。能够惊而不乱的人，大多从风雨中走来而不是在温室里长大，在摔打中砥砺锻造而不是在襁褓里嗷嗷待哺，说到底是历练出来的、考验出来的。宠辱不惊看庭前花开花落，物我俱忘任天外云卷云舒，看惯了想透了便不慌乱、不忙乱了。

痛而不言、累而不烦、气而不恼、惊而不乱，挑战着一个人的能力，考验着一个人的心态，具备了这“四种气质”，便能挑重担、可堪大任，也就绽放出了一种别样的美。

21 · 过好三种人生

芸芸众生各有各的人生状态，不一而足。换句话说，每个人都各有各的活法，只要活出自我、活出自信、活出自在，便是精彩人生。倘若给不同的人生做一个划分，大概有三种人生是每一个人都应该拥有的。

一种是理想人生。人人心中都有一个理想人生的标准和模样。记得小时候写作文，老师常常出题目，让你谈谈“你的理想”，于是幼小的心灵扑闪着想象的翅膀，憧憬着自己的未来。有的想将来当个科学家，搞发明创造；有的想以后当个老师，在三尺讲台上像蜡烛一样燃烧自己；有的想长大了当英雄，济困救世；还有的想成长为一个对社会有用的人，不虚度此生，等等。然而，不知从什么时候起，一些人似乎变得不愿、不屑和不敢谈理想了，觉得理想太“高大上”，太“虚空飘”，看不见、摸不着、够不上，视理想为空想，把理想当奢侈品；有的还以现在人都很实际为由，拒绝理想，感到讲理想太天真、太幼稚，甚至是另类，等等。“男儿不展风云志，空负天生八尺躯。”人得有理想，“一个人的理想越崇高，生活越纯洁”，而生活中没有理想是可怜的。理想是人生的灯塔，没有理想如同行走在黑暗的死胡同里，没有光明和未来。理想就是希望、愿景和动力。“不想当元帅的士兵不是好士兵。”生活的理想，就是为了理想的生活。苏格拉底说：“世界上最快乐的事，莫过于为理想而奋斗。”保持理想，人生就会始终充满希望，也就有了朝气蓬勃、奋发有为的精气神。有理想的人生，生活洒满阳光，人生永远是春天。

一种是现实人生。人不可以太现实，但生活在现实中，又不得不面对现实。理想是美好的，现实却又是很“骨感”

的，有时还很残酷、很无奈，残酷的现实甚至会一下子把人打回“原形”。当理想和现实出现落差和反差时，该怎么办？唯一的选择就是，在为理想不懈奋斗的同时接受现实、善待现实、适应现实和改变现实，更好地活在当下，过好现实人生。现实中，有的人往往习惯于逃避现实，过着自欺欺人的生活，或不愿成长，或不敢担当，像只鸵鸟一样伪装自己；有的人则热衷于脱离现实，做一些不切实际的事，说一些不合实际的话，好比生活在真空里，过着桃花源式的生活；还有的人常常沉湎于现实，让灵魂对现实缴械投降，在现实中败下阵来，成了现实的俘虏，等等。人要有理想，但不能太理想化。现实人生是一种清醒和自觉，如果说理想人生是知道自己“想干什么”的话，那么现实人生则是知道自己“能干什么”“该干什么”。过好每一天，干好每一件事，踏踏实实而不好高骛远，勤勤恳恳而不虚无缥缈，用完美的现实人生去实现美好的理想人生。

一种是感悟人生。感悟人生就是思考人生、探索人生和总结人生。人生短暂，如白驹过隙，转瞬即逝，不可浑浑噩噩、迷迷糊糊地白来一趟，得留下点什么。既留下点看得见摸得着的，又留下点看不见摸不着的，前者是物质的、有形的，后者是精神的、无形的。“我在故我思。”人要边走边想，边干边总结。然而，一些人总是不爱思考、不重思考、不会思考和不善思考。有的人忙忙碌碌、风风火火，觉得没空思考，甚至视思考总结为浪费时间和精力，以为那是“思想家”的事；有的人心浮气躁、急功近利，静不下心、慢不下步、坐不下身来做思考一类的“慢功细活”“苦功累活”，不愿“仰望星空”，不愿“踱方步”；有的人恍恍惚惚、晃晃悠悠，思考问题浅尝辄止、浮皮潦草，既没深度，又没厚度，更没高度，等等。有道是：所见所闻、所思所虑成就人生，不明不白、不知不觉葬送人生。人生处处有学问，只要做个有心人。学会把人生当作一本书来读，读出起承转合的“柳暗花明”；当作一盘棋来下，下出得失输赢的“新天地”；当作一杯茶来品，品出甘苦沉浮的“个中滋味”；当作一面镜来照，照出世态炎凉的“阴阳脸”；当作一首歌来唱，唱出悲欢离合的“美妙声”。从某种意义上来讲，人生的价值是“悟”出来的，不“悟”的人生一文不值。人生贵在活得明白，不断地感悟人生，才能使自己真正活得明白。

22 · 人得『五子登科』

以前常听人说，人生的最好状态是所谓的“五子登科”，也就是为票子、孩子、娘子、房子和位子而奋斗。应该说，如果一个人只为这“五子登科”而忙碌，人生的格局和境界似乎狭窄了点、肤浅了点和功利了点。人得有新的“五子登科”。

一是找准位子。人一生有很多坐标点，当你处在某个坐标点时，务必找准位子，扮演好你的角色。现实中，找不准自己角色位子的人与事屡见不鲜。有的本应该是配角，却偏偏以主角自居；有的原本是主角，却不愿负责、不敢担当；有的原本只是领唱领舞，却习惯于独唱独舞，等等，这都是角色错位、越位或不到位的表现。位子坐偏了，或坐歪了，或坐错了，言行举止则必定走形变样，让人反感，遭人讨厌。找不准位子的人，关键在于缺乏一个清醒的自我认知，不知道自己是干什么的、该干什么和能干什么，常常飘飘然而昏昏然。找准位子是干事的前提和条件，只有到位不缺位、就位不越位、卡位不错位，才能干好事、干成事。

二是扑下身子。要想干成事，得扑下身子。“知屋漏者在宇下，知政失者在草野。”要知道自己干得怎么样，怎么干，就得到“草野”中去摸爬滚打、躬身以行。然而，现在不少人干工作要么下不去，要么沉不住、待不了。有的表面上看下去了，但“腰难弯曲”，不穿“便装”只穿“西装”，不穿“草鞋”只穿“皮鞋”，脚不沾泥，身不落灰；有的则信奉不干不够“意思”，干点“意思意思”，蜻蜓点水、浅尝辄止；有的起初做点事，时间一长则心不静、身不沉，总想着哪天“浮出水面”“出人头地”；还有的做事纯粹是作秀，搞摆拍，或给上级看，或给媒体瞧，等等。“行之以躬，不言而信”，扑下身子既要表态好，更要表率好；既要身入，更要心入；既要走近，更要走进。“涉浅水者见虾……其尤甚者观蛟龙。”扑下身子，才能听真话、求真知、得真谛、取真经，才能看真相、结真情、补真学、练真才。

三是放下架子。如果说扑下身子更多是就做事而言，那么放下架子则更多是就做人而言。有人说，做人可以端架子，不可以摆架子。其实，端架子、摆架子都没样子，无论什么架子，都是“臭的”，正所谓“臭架子”。人有了架子则忘乎所以，有的盛气凌人、骄横跋扈；有的高高在上、冷若冰霜；有的口大气粗、不可一世，让人远之畏之。人本无尊卑贵贱之分，放下架子，其实更有样子。放下架子的人平易近人，更有亲和力；与人为善，更有人缘；懂得尊重人，更有风度。放下身架，更能提升身价。俗话说：“骡子大能驾辕，人架子大不值钱。”越有本事的人越好说话，越有修养的人越好相处，越有抱负的人越好接近，一个把自己身段放低的人，人家会把他举得更高。

四是干出样子。人的价值在于干出样子，干不出样子一钱不值。干出样子既是一种意志和担当，又是一种能力和本事。不过，有的人似乎不是这么想、这么做的。有的人陶醉于“喊口号”“玩概念”，做“清谈客”，成了光说不练的假把式；有的人不求有功但求无过，满足于过得去；有的人搞“不落后头，也不走前头”，热衷于比上不足比下有余；还有的人甚至不作为、慢作为、乱作为，上班成了“上自习”，习惯于慵懒散慢，等等。干出样子就是干出成绩、建功立业。为官的让老百姓过上好日子，搞学问的在各自领域有所建树，做工务农、经商办企的多多为社会创造财富，等等。“喊破嗓子不如干出样子。”样子是撸起袖子、甩开膀子干出来的，不是吹出来的，也不是装出来或者秀出来的。关键时站得出，平常时看得出，紧要时豁得出，凭过硬的本领和作风干出经得起实践检验的过硬政绩，在“干出样子”中让自己活出样子，在“干出样子”中让人生绽放异彩。

五是留下“种子”。莎士比亚说过，人有两种方式可以延续生命，一种是生儿育女，一种是著书立说。“种子”有两种，一种是生命的种子，一种是思想的种子。这里所谓的留下“种子”，说的是留下思想和智慧的种子。人都应该想一想活着为什么、干什么、留什么，人生短暂，不能白白地来一趟，总得留下点什么。林则徐有副著名的教子联：“子孙若如我，留钱做什么？贤而多财，则损其志；子孙不如我，留钱做什么？愚而多财，益增其过。”倘若能留下些有用的经验与教训，留下些好的思想与作风，人生则有了高附加值，也就赋予了生命新的高度。人生最经久耐用的东西是人的思想和智慧，一个能够留下点思想和智慧“种子”的人，必定是笑到最后的人，也必定是笑得最灿烂的人。

23 · 用好你的『三张名片』

很多人都使用过名片，名片上会印有各种各样的头衔、称号和荣誉。然而，这些名片好比人脸，充其量只是让人分得清、认得出而已，真正要让人记得住、入得心还需要拥有其他名片。

一是善于倾听。人与人的交流沟通，不外乎说和听。不过大多数人似乎都较偏向于喜欢说而不是听，有的往往不顾听者的感受，一上来便打开话匣子，喋喋不休、滔滔不绝；有的听着听着往往话锋一转，变成了我说你听，一股脑儿一吐为快；还有的总喜欢“抢话”“插话”，不管话题对不对路、场合适不适合、听者愿不愿意，总是忍不住“插一句”，等等。倾听是一门艺术，倾听者往往呈现出最美的样子。倾听者常常以尊重为表情，以理解为语言，以信任为姿态，呈现的是一种虚怀若谷的美。它让空气里散发着尊重与被尊重、信任与被信任、理解与被理解的清香，让真诚与坦诚在彼此的心灵天空中飞翔。倾听是一种宁静的美，倾听者总是静静地、默默地，表现出耐心与专注、欣赏与亲和、真心与用心。倾听是一种无形的力量，倾听者往往是最大的受益者。倾听者用对视的眼神交流，用点头的鼓励沟通，他让倾诉者放下包袱、卸下伪装、褪去铠甲、裸露心灵，在悄无声息中俘获倾诉者的心。倾听是一种很好的陪伴，是一种很和谐的相处。做一个非常好的倾听者，便是站在了与人沟通交流的制高点上。

二是保持微笑。微笑是播撒在脸上的那一缕灿烂的阳光，给人以温暖；是化解人际关系的一剂良药，给人以力量。微笑让人与人之间的距离变得更近，让很多看似难以解决的问题得以解决。可是现实中，一些人常常不懂得微笑的力量，不愿以微笑示人。有的人脸上要么没什么表情，显得很“高冷”，要么整天或阴着个脸、或沉着个脸、或绷着个脸，甚至黑着个脸，一副不可一世、不近人情的样子；还有的人动辄吹胡子瞪眼睛，凶神恶煞、横眉竖目，一副脸难看、话难说的模样。古人云：“笑福开来。”微笑往往让人变得生动鲜活起来。大方给出微笑的人，总是如春风拂面，而吝啬鬼般不给微笑的人，则如秋风扫落叶。经常微笑示人，往浅点说给人彬彬有礼、温文尔雅的感觉，往深处讲反映出一个人做人的能力、态度、情感和方法。微笑是最犀利的语言，是最神秘的杀伤性武器。蒙娜丽莎的微笑成了几百年来的不解之谜，也迷倒了众生。懂得微笑示人是大本事、大智慧。微笑得真诚坦诚，这样的微笑才发自内心；得亲切自然，这样的微笑才清新阳光；得自信乐观，这样的微笑才洋溢绽放。微笑是能够感染人的。倘若一个人常常让微笑写在脸上、昭示于人，便拥有了前往他人心灵深处的“通行证”。

三是学会赞美。“你很棒”“很优秀”“太美了”“对极了”“辛苦了”，等等，这一类点赞夸奖的话语，好比热烈的掌声，温暖着人们的心灵，激荡起人们幸福快乐的涟漪。然而现实中，一些人往往不愿、不敢和不会去赞美人。有的觉得好不一定说出来，放在心里就可以了；有的把赞美人看得很肉麻，觉得很不好意思；也有的怕赞美人使他人美滋滋骄傲起来；还有的不知道该怎么去赞美人，要么言不由衷，要么词不达意，要么言过其实，等等。我们的文化相对比较内敛含蓄，在不少人那里，赞美往往显得不习惯、不自然和不情愿，成了一些人的短板、弱项和盲点。其实，赞美是一首歌，是一首诗，既愉悦和振奋人的精神，又激励和鼓舞人的意志。被赞美者往往因为得到认可和肯定而增强信心、获得满足，赞美者也因为动了动“口舌”而融洽并营造了良好的人际氛围。当然，赞美得实事求是、名副其实和恰如其分，得是心声的吐露、真情的表达。大声说出你的赞美，你也将收获更多的点赞。

倾听是最好的姿态，微笑是最美的语言，赞美是最响的掌声。善于倾听、保持微笑和学会赞美折射出一个人的修养、涵养、教养和素养，是做人的三张亮丽名片。

24·『四面镜子』看人生

现实生活中，镜子是用来“正衣冠”“整容颜”的。然而，在人生路上，有“四面镜子”则是可以用来察得失、知好坏、观对错和照成败的。用好这“四面镜子”，便可以让人生出彩、精彩。

用好人生“望远镜”，看长远、知未来。人得时不时地登高望远，正所谓“欲穷千里目，更上一层楼”。不过，看得到的地方只需要视力，而看不到的地方则需要眼力。眼力、眼光怎么来，靠的就是人生“望远镜”。生活中，不少人手里拿的只是人生“近视镜”，只会盯着眼前的“一亩三分地”，锱铢必较、患得患失，打的是“小算盘”，只会算小账而不算大账、拘一时而不计长远、谋一隅而不观全局、看脚底而不望星空。“善弈者谋势，不善弈者谋子。”大凡有作为者，用的都是人生“望远镜”，有理想、有抱负，有胸怀、有境界，有格局、有觉悟。“燕雀安知鸿鹄之志哉。”当年井冈山时期，手拿人生“望远镜”的毛泽东虽然站在偏处一隅、杂草丛生的黄洋界小哨所，却看到了全中国、全人类。谁用好了人生“望远镜”，谁就站在了人生的制高点，就高人一筹，胜人一步。

用好人生“显微镜”，看细微、知未然。落叶知秋，见微知著，察人之所未察、观人之所未观，这种先知先觉靠的是一种敏锐。然而，这种敏锐既不是天上掉下来的，也不是地里冒出来的，而是经常用“显微镜”“放大镜”去发现、寻找和感知的结果。人生有很多东西是一时半会儿看不清、看不透的，这时候往往需要透过现象看本质，抽丝剥茧、去伪存真。但是，不少人既缺乏这种细心、用心、专心的精神和品质，又缺乏发现事物特点和规律的能力与水平。有的人听风是风，见雨是雨，一叶障目，只见树木不见森林；有的人麻木不仁，见怪不怪，对什么都习以为常；还有的人则错拿“显微镜”“放大镜”，用“显微镜”看人的缺点和不足，而用“放大镜”看自己的优点和长处，等等。“圣人见微以知萌，见端以知末，故见象箸而怖，知天下不足也。”能够以小见大、窥斑见豹，由此及彼、由表及里，便能察苗头、看势头，知未然、防未然。

用好人生“太阳镜”，看淡泊、知宁静。当下社会五彩缤纷、五颜六色，面对“外面的世界很精彩”，有的人觉得眼花缭乱、扑朔迷离，开始坐立不安、心猿意马，变得昏眩、焦虑甚至烦躁起来；有的人则沉不住气、静不下心，耐不住寂寞、挡不住诱惑、坐不住冷板凳，变得心浮气躁、急功近利，慢不下、坐不住、静不了成了一种通病。当五花八门、纷繁复杂的社会生活袭扰我们的时候，戴上人生的“太阳镜”便会让炫耀的生活平静、平和、平淡下来，此时调低生活“亮度”，开启“护眼模式”，既“护眼”更“护心”。“淡泊以明志，宁静以致远。”喧嚣和浮躁的从来都不是城市，而是我们的心。人还是淡泊点好，守住一份恬静和淡定，水静下来才会清澈，人心静下来才能真正做生活的主人，正所谓“心收静里寻真乐，眼放长空得大观”，守静恬淡、守正向上便春暖花开。

用好人生“哈哈镜”，看乐观、知幸福。大凡照过哈哈镜的人都有一种体会，哈哈镜中的你常常比较夸张、幽默而风趣，面对哈哈镜里的自己人们会情不自禁地开心和快乐。生活需要轻松一刻，不能总是绷得紧紧的，人也得有点“哈哈”精神，不应该总是那么刻板、呆板和死板，也不应该总是那么严肃、高冷和紧张，倘若一直那样，总有一天要垮下来、塌下去，经常去照一照生活“哈哈镜”，来一点自嘲，多一点幽默，放下身段、放松身体、放飞心情，生活的屋子里就会荡漾起快乐的涟漪，空气里就会弥漫着温暖的味道。“幽默是生活波涛中的救生圈。”自嘲也是一种幽默，是拿自己开心，插科打诨、风趣诙谐，是生活的“调味品”和“润滑剂”，这既是一种自信、也是一种胸襟，既是一种能力、也是一种智慧，折射和展示出乐观豁达的处世态度。哲人说，人生无非笑笑别人，顺便再让别人笑笑。生活就应该“团结紧张、严肃活泼”，而这离不开用好人生的“哈哈镜”。

25·让生活这杯酒充满『度数』

倘若把生活比喻成一杯酒，这杯酒不应该是平淡乏味甚至索然无味的，而应该有“度数”，让人静静地、细细地品味，品出它的绵长、醇厚、细腻和浓烈，而且越品越有味。生活这杯酒，就得充满“度数”。

一是看待事物有深度。世间万物，你怎么看决定了你怎么干，而怎么看取决于你的高度、深度和角度。“横看成岭侧成峰，远近高低各不同。”一个人的站位，影响着他能否看得远、想得深。站在一己私利上，看到的是眼前和局部、一时和一事，尽显小家子气；而站在百姓和家国利益上，看到的必定是长远和大局、一贯和必然，尽展大家风范。看事物有深度和高度的人，能以一隅而观全局、以一斑而窥全豹，无形中高人一筹、胜人一步。

二是说话办事有力度。说话和办事是一个人的两项基本活动。说话办事说到底是一种态度，不同的人有不同的表现。有的人表现得犹豫不决、优柔寡断和吞吞吐吐、拖泥带水，结果往往错失良机，与成功擦肩而过；而有的人则表现得当机立断、雷厉风行和斩钉截铁、大刀阔斧，常常是“马上就办”“起而行之”，结果事有所成。态度决定状态，也影响成败。说话办事干净利落、精准到位的人，便是一个有力度的人，就能够干一件事成一件事，有力度则有力量。

三是学习生活有热度。成功者，皆热爱学习、热爱生活。他们往往“活到老学到老”，把学习当作生命，作为一种生存习惯和生活方式；把生活当成一次旅行，当作乐趣，作为一种生命点缀和装饰。这样的人生既不累，又有意义。现实中，也有一些人对待学习和生活常常只有“三分钟的热度”，学习上“三天打鱼两天晒网”，生活上也时不时感到疲惫和厌倦，流露出“没意思”“就那么一回事”的思想。一时热度易，一直热度难；心血来潮时易，清心寡欲时难，而永远保持学习生活热度的人，是一个乐观豁达的、阳光纯粹的人。热度让他们的生活激情飞扬、动力不竭。

四是大是大非有尺度。人的一生难免要面对一些大是大非的问题，逃不过、躲不了、避不开。然而，在大是大非面前，有的人往往当起了“鸵鸟”，常常说好话、好说话或不说话，事不关己，高高挂起，明哲保身；有的人做起了“开明绅士”，表现得温良恭俭让，不敢做“斗士”和“战士”；有的人耍起了滑头，见风使舵、虚晃一枪，尽放“空炮”“哑炮”和“礼炮”，等等，不一而足。大是大非是试金石。不讲是非、不论对错、不管好坏，说到底是在是非面前态度暧昧，没有尺度。“苟利国家生死以，岂因祸福避趋之。”面对大是大非得有立场、有原则、有分寸，不能含糊、不可退却，更不可变节。要有问是非的气节，讲是非的血性，做到论是非而不弄是非。大是大非问题上的失节是人的最大失节，也是人生最大的失败。

五是面对批评有风度。人都是爱听好话、顺耳的话，喜欢鲜花和掌声的，这是人之常情。人不可能总是生活在鲜花簇拥中，难免会碰到埋怨和指责，遇到批评和非议，遭到误会和质疑，甚至听到嘘声、骂声和倒彩声。面对这些烦人心、扰人心和乱人心的声音，人们通常会给予反击，还以颜色，或满腹委屈、讨以说法，等等，这也属人之常情。但是，真正的智者，让冷静来过滤，用事实来说话，靠时间来沉淀，以胸怀来屏蔽。这就是一个人的修养、涵养、教养和素养，是一种君子风度。

六是待人接物有温度。温度是一种人格魅力，它散发着芬芳，洋溢着清香，充满着亲和力和感召力。不可否认，不少人身上缺失的正是温度。有的人经常是板着脸，美其名曰公事公办，实则“门难进、脸难看、话难说、事难办”，显得特别“高冷”；有的人自私自利，麻木不仁，不管他人冷暖，不顾他人感受，凡事都与己无关，天然地与人有一道冰冷的墙、无形的网，神圣不可侵犯；还有的人整个儿一副当官做老爷的派头，口大气粗、颐指气使，动辄吹胡子瞪眼睛，说话办事一点都不接地气，等等。有温度的人，心是热的，情是暖的，身段是柔软的，既是大写的人，又是小写的我，时时处处都那么平和、随和、温和，体现出来的是对他人的一种尊重，折射出来的是对自己的一种自律。有温度的人，春风化人、雨露润人。

26 · 可爱是最美的人生

人与人，有可爱与不可爱之分。可敬的人未必都可爱，但可爱的人必定很可敬。可爱是绿树掩映下那姹紫嫣红的花朵，是茫茫沙漠里那泓碧波荡漾的绿洲。一个人可爱不可爱，说到底看他是真还是假、善还是恶、美还是丑。真善美的人是可爱的，而假恶丑的人是不可爱或者说可恨、可怕的。那么，什么样的人称得上真正可爱，怎样才能让自己活得或者说变得可爱起来？

可爱的人，不埋怨谁。埋怨、抱怨是很负面的一种情绪。有的人动辄喜欢把责任推给别人，把过错扣他人头上，开口闭口都是人家的不对，而把自己打扮成一个圣人，没有瑕疵、完美无缺；有的人整天像怨妇一样，对眼前的人与事总是横挑鼻子竖挑眼，这也不满意，那也不如意，仿佛谁都欠了他似的，眼里没有好人，嘴里没有好言，心里没有好气，等等。可爱的人，左手包容，右手宽容，严于律己成一种习惯，宽以待人成一种自觉，他们遇到事情常常内省，碰到问题往往自责，宽厚是他们美丽的表情，仁爱是他们动人的语言。

可爱的人，不嘲笑谁。嘲笑是一种恶行，它用恶语剥去了别人自尊的外衣，用污言撕毁了他人自爱的脸面，置人于尴尬的境地。可爱的人，最懂得尊重。尊重他人的过去和现在、面子和里子、长处和短处、成功和失败，等等。正如不吝啬掌声于他人的人，常常也收获他人的掌声一样，尊重他人的人最终将赢得他人的尊重。可爱的人，最懂得欣赏。欣赏他人的一言一行、一举一动，既欣赏他人花开时的绽放，又欣赏他人花落时的静美，每每欣赏的瞬间也被他人定格成欣赏的画面。嘲笑往往伴随着一种攻击性，尖酸刻薄是嘲笑者的“笑脸”，讥讽挖苦是嘲笑者的“神情”，嘲笑是把自己的快乐建立在他人的痛苦之上，而不去嘲笑他人的人则让自己拿到了可爱的通行证。

可爱的人，不嫉妒谁。嫉妒是很阴暗的一种心理。当他人胜于或优于或好于或强于自己时，心里泛起一种酸溜溜的滋味，这种滋味一旦蔓延开来便产生出嫉妒。由此看来，嫉妒源于羡慕，倘若分寸把握不当，羡慕便衍生出嫉妒。嫉妒者往往无法容忍别人超过自己，也往往害怕他人得到自己无法得到的东西，甚至会做出玉石俱焚的事情来。挑剔、造谣、诬陷往往是嫉妒者的伎俩。可爱的人，有一颗平淡如水的心，视他人之好如己好，看他人之优为己优，把浅浅淡淡的羡慕深藏于强大的内心。人可以羡慕，但不可以嫉妒，更不可以嫉妒出恨来、嫉妒出仇来和嫉妒出恶来。

可爱的人，不欺负谁。“大鱼吃小鱼，小鱼吃虾米”，以大欺小、以强凌弱，这是一种丛林法则。现实中，欺负人的人往往面目可憎，令人厌恶。有的人面对弱者，习惯于吹胡子瞪眼睛，横眉冷目；面对贫者，毫无悲悯之心，善良之举，而是冷若冰霜、麻木不仁；面对小者，居高临下、以势压人，等等。更有甚者，对权贵“摧眉折腰”，对寻常百姓鄙夷嫌弃、恶语相加，如变色龙。一个人的修养和可爱往往藏在他怎么对待弱小、贫困者的言行中。可爱的人，往往有一颗善良之心，常怀悲悯之情，常做感恩之事，对人对事都自然体恤，常换位思考，“老吾老以及人之老，幼吾幼以及人之幼”；可爱的人，往往有一颗正直之心，不偏不倚，既不媚上又不欺下，既不欺人又不自欺。

可爱的人，不算计谁。不算计便是不搞阴谋诡计，不耍小聪明。算计是一种心机。爱算计的人，经常生活在具体的事情中不能自拔，只看眼前不顾长远，只考虑自己不关心他人，只算小账不算大账，锱铢必较。有的人为了达到个人目的，甚至不择手段、暗算他人，背后出招、桌下使绊。计较越多失去越多，爱算计的人站位低、格局小、视野窄。俗话说，人算不如天算。聪明反被聪明误，吃亏往往是福，爱占小便宜丢掉的是“大便宜”。爱算计的人会很累，而且野心很大。人有时还真的需要点“难得糊涂”精神，看透不说破，算大账不计小账。“三步一计”是高明，“一步三计”是精明，人应当高明不要过于精明，大智若愚是大本事、大智慧。聪明莫过“不聪明”，所谓的“不聪明”就是不去过多算计，过得随意、随便和随性一些。

“志之难也，不在胜人而在自胜。”可爱之人，在于时时刻刻、事事处处能自觉战胜自己内心深处那份狭隘、自私、冷漠、虚伪和卑琐，能够不埋怨、不嘲笑、不嫉妒、不欺负和不算计的人便是一个可敬可爱的人。

27 · 过好『三境』关

人这一生，时不时会与顺境、逆境和闲境不期而遇。这“三境”既是机遇，又是挑战；既是考验，又是检验；既是关口，又是门槛，能不能过得去、处理得好、把握得住，可能影响乃至决定一个人的前途和命运。

过顺境，迈得意人生。“春风得意马蹄疾，一日看尽长安花。”面对好事、好运，心花怒放、扬扬自得是人的一种本能，释放一下是可以理解的，正所谓“人生得意须尽欢，莫使金樽空对月”。然而，得意容易忘形，陶醉容易变形。有的人正是在鲜花和掌声中迷失自我，变得飘飘然昏昏然，甚至变得极度膨胀、忘乎所以，既看不清来路，又看不明去路，最后反而走入歧路、错路，甚至末路。从一定意义上讲，顺境其实更难过，因为它要战胜内心深处对自我的那份认可、显摆和嘚瑟，要抑制住内心深处对于成功的追求和虚荣的渴望。顺境之时最难能可贵的是一种清醒和自觉。春秋时期，宋国大夫正考父是几朝元老，而且顺风顺水，但他却在家庙的鼎上铸下铭训：“一命而偻，再命而伛，三命而俯。循墙而走，亦莫余敢侮。”说的是每逢有提拔任命时，都越来越谨慎，一次提拔要低着头，再次提拔要曲背，三次提拔要弯腰，连走路都要靠墙走。顺境时把位置放低一点，少些自满；把身段放软一点，少些骄傲；把口气放小一点，少些嚣张，让收敛使得顺境更顺。

过逆境，迈低落人生。行驶在人生的江河里，人生之舟不可能永远一帆风顺，或遭遇暗礁，或经历险滩，或吞没于急流，或起伏于波涛。面对各种各样的徘徊、困顿和迷茫，各种各样的挫折、失意和打击，甚至败走麦城，该怎么办？

现实中，有的人会自怨自艾、自暴自弃，变得破罐子破摔；有的人则随波逐流，看破红尘，变得一蹶不振，从此消沉下去，等等。人是要有点精神的，可以被打败，但不可以被打倒。有人说成功的秘诀其实很简单，一是从成功中走出来，二是在失败中站起来，而且只要站起来的次数哪怕比跌倒的次数多一次，便走出了逆境，走向了成功。俗话说："只要精神不滑坡，办法总比困难多。"逆境，说到底考验的是人的意志品质。只要有百折不挠的韧劲、愈挫愈奋的干劲和一往无前的冲劲，就没有过不去的坎，就能压倒一切困难而不会被困难所压倒，战胜一切敌人而不会被敌人所战胜。倘若"人在顺境中要比逆境更需要美德"的话，那么，人在逆境中要比顺境中更需要坚强。

过闲境，迈淡泊人生。人都有闲下来的时候，或一时，或一阵，或一直。表面上看，闲与轻松、自在、悠然相伴，而实际上闲并不好受，倘若把握不好，还会闲出事来、闲出毛病来。有的人身处闲境，会不知所措、无所适从，从门庭若市到门可罗雀，失落、失意油然而生；有的人身处闲境，感觉船到码头车到站，意志衰退、斗志衰减，开始歇歇脚、喘喘气，过一天算一天，吃喝玩乐、虚度光阴，无所事事、打发日子；有的人身处闲境，如入险境，从发慌发急到发躁发火，甚至开始无事生非，干出一些失常失态的事来，等等。闲往往与孤独、寂寞、空虚，乃至无趣、无聊相处，也常常与功名利禄远离，正确待之，恰好修身养性，错误待之则一蹶不振。过闲境，是最难的考验。怎样把它过得充实而有意义，关键在心态。要学会“没事找事”，闲而不休，以前是忙里偷闲，现在是闲中寻忙；要懂得自得其乐，只要乐在其中，闲也就不闲了。

古人说：“少年经不得顺境，中年经不得闲境，晚年经不得逆境。”其实，任何年龄段的人都有可能身处“三境”，都“经不得”，但又得“经得住”，学会在“顺境”中成才，在“逆境”中成长，在“闲境”中成熟，让心灵不起皱纹。

28 · 修养自己的言行举止

修养是人的第一学历。它既是一种结果，又是一个过程。我们常说这个人很有修养，便是结果，而讲他很注重修养，则是过程。修养得注意从自己的“言行举止”做起。

注意嘴上没有恶语。古人说：“口能吐玫瑰，也能吐蒺藜。”“恶言不出口，苛言不留耳。”这是一个人应有的修养。这德那德，口德往往是人们最能直接感受到的。倘若没有口德，说出伤人的话，好比往墙上钉钉子，拔出了钉子，却留下永远的痕迹，正所谓说出去的话就像泼出去的水。刀疮易没，恶语难消。有的人就是为图一时痛快，或解一时之气，嘴上没上锁、没把门，动辄说一些尖酸刻薄的话，结果不但自己斯文扫地，而且与人结下梁子和仇恨。有修养的人说话温和，用词平和，语气亲和，谈吐温文尔雅，即便是心有怨气，也不声色俱厉，而是让人如沐春风。

注意眼里没有蔑视。现实中，总有那么一些人，这也看不起那也瞧不上，一副轻蔑的眼神、傲慢的姿态和神气的样子。有的“有钱人”蔑视“贫困者”，有的“权贵者”轻视老百姓；有的流露出不屑一顾，有的表露出不愿为伍，还有的习惯于吹胡子瞪眼睛，嗤之以鼻，等等。蔑视说到底就是一种嫌弃，是内心孤傲的表现。“相由心生。”内心深处狭隘、刚愎和无知的人，才会眼里常常有一种蔑视，总觉得自己了不起、很高贵，高高在上、不可一世。殊不知，现在的城里人，往上数三代，大多来自农村，那么多“有钱人”“为官者”以前或许也曾身无分文，也曾是一介草民。如果想明白了这一点，也就会以平常心待人，以平等样对人，多一份将心比心，多一份尊重和体恤。

注意脸上没有冷漠。一个有温度的人、一个让人舒服的人，常常和颜悦色、满面春风；反之，一个冷血的人、一个麻木的人，往往面无表情、冷若冰霜。胡适先生说："世间最可厌恶的事，莫如一张生气的脸；世间最下流的事，莫如把生气的脸摆给旁人看。"冷漠源于冷酷，冷漠基于冷淡。冷漠是无情的双胞胎，是冷血的亲兄弟。内心有阳光，脸上则明媚，胸怀爱心和善良，人的表情就会生动灿烂起来。正如古人云："天地之气，暖则生，寒则杀，性气清冷者，受享亦凉薄，唯和气热心之人，其福亦厚，其泽亦长。"

注意思想没有偏见。偏见是很可怕的，它好比"脑瘤"，如果不及时割除而任其生长，则势必危及整个大脑乃至生命。松下幸之助说得好："心存偏见，好比透过有色、凹凸的镜片来看东西，看到的已不是它原来的面貌。"人一旦有了偏见，对人与事则会失去客观、公允的思考和评价，则会偏离事物的本来和规律，正所谓"思想上的偏见必然导致行动上的不公正"。偏见从哪来？哈兹里特说："偏见是无知的产儿。"大凡偏见，都是因为"短视""弱视"和"近视"，或处一隅而看不到大局，成一叶障目；或固守"一孔”而无法“窥全豹”，成井底之蛙。偏见是固执的推手。偏见导致固执，固执催生偏见。抱有偏见的人往往傲慢无礼。伏尔泰说：“偏见是愚人的理由。”思想没有偏见，才是一个真正的智者。

注意肢体没有威胁。肢体是容易被人忽视的一种很重要的语言，它既无声又有声，既无形又有形。人与人相处，肢体语言传递和释放出一个人的品行、态度乃至内心的所思所虑。人的肢体可以千姿百态、各种各样，有的内敛，有的张扬，有的沉稳从容，有的火急火燎，等等。威胁有很多种，但肢体语言的威胁往往是火药桶，表现得更危险。无论哪种肢体语言，带有攻击性、威胁性的动作，不可有、不能有和不该有。现实中，有的人一言不合便起身动粗，一言不逊便威逼要挟，让原本可以化解的矛盾打上“死结”，陷入困境。人的肢体更多应该呈现出大度与包容、平和与随和，就像张开的双臂，满腔热情地接纳五彩缤纷的生活。

29 · 人该怎么活着

倘若把人生比作一部鸿篇巨制的话，那么贯穿其中的主题和主线就在于想清楚、弄明白人为什么活着和怎么样活着。尽管不同的人会有各自不同的答案，呈现出不同的活法，然而，人在不同阶段，该怎么活着还是有其内在的说法。大体上说，有这样三个层面：

一是好好地活着。伴随人的呱呱落地，“吃穿住用行”便缺不了、少不得，为了生存和生活，每个人都得下一番苦功夫，甚至有的人一辈子都不得不为柴米油盐而奔波、劳累和忙碌着。然而，好好地活着，看起来简单、说起来轻松，做到却不容易。现实中，有的人可能因为战火动乱而生存堪忧；有的人可能由于生活艰难而食不果腹；有的人可能遭遇不幸而度日如年；还有的人可能碰到打击而自暴自弃，等等。好好地活着就是为衣食无忧、平安健康而活着，为能够吃得饱、穿得暖、过得好这些最基本的生活需求而奋斗。好好地活着就得好好学习、努力工作，就得珍爱生命、敬畏人生。衣食无忧、健康无恙、平安无事乃活着的第一目标和第一层次。

二是体面地活着。人生在世，“尊严”二字。活着，除了衣食无忧以外，还得追求点什么，不然便是一副皮囊、一具躯壳，甚至如同行尸走肉。而人活着，这追求那追求，更多更大的追求是渴望被尊重，能够体面而风光地活着。从一定意义上讲，人活着的全部目的就是为了出色出彩地活着。于是，有的人为出人头地或光宗耀祖而孜孜以求；有的人为获得鲜花和掌声而苦苦拼搏；有的人为人生能够出彩而拼命出力。体面地活着，说到底就是人生价值的一种完美实现。曾几何时，在物资匮乏、民生凋敝的年代里，人们痛并苟且着、苦并偷生着，既无心也无暇又无力体面而活，更羞谈人的价值实现，精神世界显得那么荒芜。当温饱满足之后，人们有理由也有条件让自己过得更加体面、更加精彩、更加扬眉吐气，各种权利得到保障、各种机会得到分享。因此，体面地活着也就自然而然让人生上了一个新的更高层次。

三是明白地活着。如果说，从好好地活着到体面地活着是人生的第一次飞跃的话，那么从体面地活着到明白地活着，则是人生的第二次飞跃，而且是更高的一次飞跃。当人们该获得的都获得了，想追求的都满足了，应该远离那些喧嚣和繁华，清空那些附加在人生行囊里多余的东西，删除那些储存在人生U盘中繁杂的信息，静下心来，好好地想一想、悟一悟，自己是谁，从哪里来，往哪里去。“绚烂至极，归于平淡。”人这一生，“质本洁来还洁去”，再风光、再夺目，生不带来死不带去，想明白了这一点，也就豁然开朗、拨云见日。有人说，人活到一定的年龄，至少要成为“半个哲学家”，“半个哲学家”其实就是懂得明白地活着。那么，人怎样才算活明白了呢？有“三乐”似可参考。一曰知足常乐。人要懂得知足，“人心不足蛇吞象”，所有的不知足都会让你在一夜之间得到的又失去，落个“竹篮打水一场空”。二曰助人为乐。人活着不是只为自己活着，总得为家人、为他人和为社会做点“留痕”的事，特别是去帮助那些困难的、弱势的，有才华而一时没出路的人，在帮助他人中超越自我、延续生命，并实现人生的价值。三曰自得其乐。学会寻找释放自己内心情感和情怀的兴趣点，让兴趣成为一种兴奋，在追逐中陶冶、净化和洗涤心灵。然而，人言不聪明，“其智可及，其愚不可及也”。真正的聪明莫过“不聪明”，真正的明白莫过“难得糊涂”，所以，明白又不失“糊涂”地活着，才是更高级的明白地活着。

人该怎么活着，这是一个宏大的话题，可谓仁者见仁智者见智。好好地、体面地和明白地活着，既是一个人活着的三个阶段，更是一个人活着的三重境界，不妨将其作为人该怎么活着的三条路径。

30·拥有护身的法宝

走在人生路上，什么东西很重要？可以从很多角度去审视，而不同的角度可能得出很多不同的答案。在众多答案中，没有绝对的对与错，却有相对的是与非。这其中，有四件法宝得装在身上、带在路上，它能让你行稳致远、一路畅通。

融入血液中的志气，让你与众不同。人生最为宝贵的是志向与抱负。一个人出身贵贱、身在何处并不重要，重要的是有没有改变自己、塑造自我的志向。志向决定你走多远、飞多高，正如古人所云："人惟患无志，有志无有不成者。""胸有凌云志，无高不可攀。"志向是人生的方向和目标，既可以有终极大目标，又可以有阶段性的小目标，没有志向的人生如同行尸走肉，徒有一副皮囊。然而，立志有两大忌，一忌好高骛远，不切实际；二忌飘忽不定，时有时无。要立长志而不是常立志；立好志而不是好立志。立志不是给人看的，而是用来激励自己、管理自己和规划自己的；不是替人立的，而是用来改变自己、改变人生和改变现状的。从这个意义上讲，立什么志和怎么立志同等重要，既要志存高远，又不可好高骛远；既要量力而行，又得尽力而为，志气满满的人意气风发。

刻进骨髓里的坚强，让你无坚不摧。"志之难也，不在胜人，在自胜。"人有了志向，最大的考验和挑战是能不能一如既往、一以贯之和一往无前。人生的航船不可能一帆风顺，会时不时遭遇风浪，碰到暗礁，此时此刻抗击打、抵风浪的意志、心理和能力显得尤为重要。歌德说："意志坚强的人能把世界放在手中，像泥块一样任意揉捏。"人可以被打败，不可以被打倒。古往今来，因为意志坚强而到达成功彼岸的人与事不胜枚举。众所周知，文王拘而演《周易》，仲尼厄而作《春秋》。屈原放逐，乃赋《离骚》。左丘失明，厥有《国语》。孙子膑脚，《兵法》修列。不韦迁蜀，世传《吕览》。韩非囚秦，《说难》《孤愤》。而贝多芬敢于扼住命运的咽喉，写出了最后的《欢乐颂》。霍金用生命与命运做斗争震撼了世界，等等。强大莫过于内心，只要心中的灯塔一直亮着，就能找到前行的路；只要心中阳光在，任何黑夜都有尽头。

化入生命里的自信，让你自强不息。自信是“成功的第一秘诀”。人，贵在自信，难在自信，更胜在自信上。青年毛泽东有一诗句，“自信人生二百年，会当水击三千里”，展现了挑战人生极限，成就一番大业的豪情壮志。有人说，自信的人就像茶壶，屁股都被烧红了还有心情吹口哨。这说明，自信实际上就是一种心态，一种遇事不慌、处变不惊，轻松自如、举重若轻的状态，说到底就是相信自我。然而，这种自信不是吹出来的，也不是装出来的，更不是人家夸出来的，而是建立在一种正确的自我认知基础上的实力与底气的表现。自信的人总是信心满满、意气风发又从容不迫，说话时底气十足，做事时劲头十足。“欲人勿疑，必先自信。”自信的人，既给自己力量，也给他人力量。自信是成功的起步，又在成功中增添新的自信。

长在心底里的善良，让你赢得人心。人心是干事成功最为宝贵的资源，谁赢得了人心，谁就拿到了开启成功之门的钥匙。这世界上最难买到的是人心。那么靠什么获得人心？当然是帮人做这样那样的好事，解这样那样的难事。能不能做到，取决于有没有一颗善良的心。罗曼·罗兰说：“灵魂最美的音乐是善良。”雨果说：“善良的心就是太阳。”他还说：“善良即是历史中稀有的珍珠，善良的人便几乎就是伟大的人。”“人之为善，百善而不足。”善便是恻隐之心、仁爱之心，为他人谋幸福、谋快乐。“一个人做好事并不难，难的是一辈子做好事。”一辈子都能做好人、做好事，才是一个真正高尚的人、纯粹的人、丰盈的人，可以使盲人“看到”、聋人“听到”，可以驱赶寒冷、扫除阴霾。“口袋里装着麝香的人不会在街上大吵大嚷，因为他身后飘出的香味已经说明了一切”。再微小的善良，也有披荆斩棘的力量，让阳光更加明媚灿烂。

31·人生路上『怎么看』

面对自己的思想、工作和生活，“怎么看”往往影响着“怎么干”。有的人就是不会正确地“看”，因而产生焦虑、郁闷和困惑，伴随着不安、忐忑和惶恐；有的人则因为能够正确地“看”，而始终保持着一种好的心态和状态。看有看的立场、观点和方法，有各种各样的角度、维度和态度。人要活得明白、过得健康，就得学会正确地看。

一是思想上“向上看”。人的思想是应该向上看的，保持向上看的状态，便是一个智者。平时，常听说一个人“思想落后”，就在于他看的方向出了问题。有的喜欢往低处看，于是看不到风光和风景，因为“无限风光在险峰”；有的往往习惯于往坏处看，结果越看越糟糕，越看越灰心；还有的自觉或不自觉地往小处看，格局越看越小、境界越看越低、胸襟越看越窄，等等。一个人思想出了问题，做事的态度和行为就会出大问题。人要进步，先得思想进步；思想要进步，就得经常往上看、往高看，学会仰望星空，善于看大局大势。“我们都在沟里，但有些人却在看天上的星星。”一个思想上懂得向上看的人，才能清醒地认识到自己所处的位置，才不会迷失方向，才会不断地往上走，更好地清醒前行。

二是生活上“向下看”。生活说白了是一种态度和取向。健康而正确的生活态度，应该是经常向下看。美好生活是要靠奋斗才能得来的，而不是靠攀比来的，更不是靠不择手段获取来的。然而，无论生活在怎样一个水准，都应当鼓励多向下看，这样看的好处是，内心会知足、满足，更懂得珍惜、爱惜，心里也会变得平静、平和。所谓向下看，就是要经常看看那些贫困的人和生活得不如自己的人，把他们的生活作为一面镜子照照自己，在对照中把自己的生活欲望降下来，把自己的胃口搞小一点，把自己的生活态度端正起来，真正视生活素朴为一种荣光，把“清贫精神”当作一种理想。生活素朴，才能专注人生的梦想。也正如庄子所云：“朴素而天下莫能与之争美。”物质上的追求和享受，到头来也就那么回事，正所谓“有粮千担，也是一日三餐；有钱万贯，也是睡榻一间；宝车百乘，也是有愁有烦；山珍海味，也是一副肚腩”。其实，钱多钱少，够花就好；吃好吃坏，少了健康才怪。生活不能一味追求高消费，沉湎于“纸醉金迷”，那种“宁愿坐在宝马车里哭，也不愿骑在自行车上笑”的生活态度，是一种舍本求末，丢掉的是生活的本来和本真。

三是工作上“向前看”。工作干得好不好，一靠能力，二靠态度。心有余而力不足者，干不了事；力有余而心不足者，干不成事。现实中，有的人把工作当事业来做，甚至当成生命来看待；有的人则只是把工作当成一种职业来看待，得过且过，做一天和尚撞一天钟；更有甚者竟然把工作当作副业来对待，表面种着“责任田”，心里想着“自留地”。工作向前看，有两层含义，一层含义是向先进分子看，以他们为榜样、标杆、标兵，“见贤思齐”；另一层含义是工作干得好与坏当然重要，但更重要的是好与坏上都不停步、不彷徨、不徘徊，好也让它过去，坏也让它翻页。向前看，才有未来，才有希望。既能从成功中走出来，又能从失败中站起来，既不陶醉，又不气馁，瞄着新的目标向前看，才能更好地向前进。

四是升迁上“向后看”。人无论从事什么工作，都渴望和追求进步，谋个“一官半职”，图个不断晋升，这是人之常情。但职位总是有限的，而且晋升总会有个尽头，会碰到“天花板”。每当这时，有的人会和那些晋升快的人比，或比资历，或比经历，或比能力，或比贡献，有时越比越委屈，越比越觉得不公，越比越感到不服气，等等。如何化解这些不良情绪，一个很重要的方法和视角，就是拿自己的现在和自己的过去比，多“回头看”，多“往后看”。看看你当初出发时是怎样一副模样；看看当年和你一起“起跑”的人有几个现在“起飞”了，特别是看看那些比你更优秀的人却被你甩在后头，过得还不如你；还要多看看当时你“上路”时的期望值是什么？初心在哪里？当这些都看清楚、想明白时，当自己把人生的坐标点校正后，心自然也就平衡了，也就变得心平气顺起来了。

32·『五个有』成就有为有位

人人都渴望有为有位，期许被看重、受尊重、得倚重，向往人生出彩出色。然而，这一切不是靠想来的、说来的，而是靠扎扎实实、一点一滴干来的、奋斗来的。要奋斗，得有心有力，做到“五个有”：

一要脑中有事。想事是干事的前提和条件。不过，有的人脑子总是空空的，不动脑筋、不动心思，无所用心、不思进取，属于“思想懒汉”；有的人虽然也会偶尔想点事，但都是些既无益又无用的鸡毛蒜皮的事，也等于脑子里没有装事。“风声雨声读书声声声入耳，家事国事天下事事事关心”，脑中有事就是要时不时想一些正儿八经的事，大到国事天下事，小到家事平常事，胸怀大局大势则不迷失方向，常念家长里短则多些烟火气。一个脑子不断惦记着事的人，虽然劳神费心，但势必比不想事或少想事的人有更多的思想准备和更多的思路办法。

二要心中有数。对事情的来龙去脉、发展变化能不能了如指掌、悉数道来，可以看出一个人对事情的用心程度。有的人能够做到知其然，又知其所以然；有的人成了“活字典”“一口清”“政策通”，等等，这些都是平时在兹念兹、心中有数的结果。然而，也有的人只求“过得去”，不求“过得硬”；只管“差不多”，不管“差多少”；只知道“大概”“也许”，不知道“究竟”“到底”，甚至还心中无数点子多，情况不明决心大，心里没底也敢拍板、作决策，让人不禁捏着一把冷汗。心中有数是调查研究来的，是学习思考来的，是积累沉淀来的，倘若平时不下苦功夫、不做硬功课，则根本无从谈起。只有心中有数、了然于胸的人，才能让人放心安心、踏实牢靠。

三要眼里有活。能否经常发现问题、正视问题和解决问题，既反映一个人的机灵和敏锐，又折射出一个人的事业心、责任感和在不在状态。现实中，有的人对问题视而不见，一副熟视无睹、假装看不见的样子；有的人对问题见怪不怪、麻木不仁，“懒得理”“懒得动”；还有的人对明摆着的问题硬是看不见，成了“睁眼瞎”，等等。小时候常听大人批评，看见扫把倒在路中间都不知道扶起来，眼里太没活。眼里无活的人不能眼观六路、耳听八方，就像算盘珠子一样拨一下动一下，说到底一是懒，二是笨，这样的人是不受欢迎、不被喜欢，更得不到机会的。眼里有活的人，没事会找事干、分外事会当作分内事做、他人落下的会主动捡起，这种状态和机敏自然有人缘、得待见。

四要手里有牌。“牛皮不是吹的，火车不是推的”，干成事业，归根结底取决于有没有本事。有的人平时有想法却没办法，有思路却找不到出路，往往“心中一团火，脑中一团麻，说起来一套套，做起来一团糟”；有的人则“新办法不会用、老办法不管用、硬办法不敢用、软办法不顶用”，处处捉襟见肘、疲于应付；有的人“处理文件得心应手，处理事件束手无策”，短板、弱项随处可见，等等。“手里没把米，叫鸡也不灵。”本事就是牌，本领就是米。要想干成事、干大事，“后备箱”里就得有不少工具，不但要有“硬本事”，还得有“软功夫”，兵来将挡，水来土掩，拥有一手好牌是打成一场好局的基础和保障。

五要落实有果。言必信，行必果。凡事既要开花，更要结果，倘若有始无终、有头无尾，不但于事无补，而且失信于人。有些人就喜欢玩“空转”，唱功好做功差，习惯于把说了当做了，把做了当做好了；有的人热衷于开“空头支票”，忽悠人，常常是拍胸脯打包票，拍屁股打水漂，脚踩西瓜皮滑到哪算哪，等等。落实既是责任担当，又是能力水平，也是道德作风。一以贯之、一抓到底，事事有回音、件件有回复，才是一个让人觉得靠谱可信和可以托付的人。

有为才有位，有位更可以有为。“五个有”好比“五指”，各展其能、不可或缺，它让人生有为有位，让生命流光溢彩。

33 · 凭什么才能干好

工作要做好，事业要做大，凭什么、靠什么？对于这个问题，一些人认知上是有误差的。比如，有的人可能认为，靠背景、靠关系，或者说靠机缘巧合、靠走捷径，甚至觉得靠手段、靠小聪明、靠潜规则、靠歪门邪道，等等，结果行为上出现这样那样的偏差。毋庸讳言，现实中的确有人靠这些获得过一时的成功，但真正要想把工作做好、事业做大，靠这些是靠不住的，倘若没有以下几件东西，是干不好事业的。

一是没有本事干不了。俗话说，火车不是推的，牛皮不是吹的。做好工作、做大事业，归根结底得靠真才实学。但在本事、能力上，大抵有两种情况。有的人只是有小本事，学什么东西都是浅尝辄止、蜻蜓点水，知其然不知其所以然，半桶水晃荡晃荡，结果小本事干不了大活儿，也上不了大场面；有的人则是有一些老本事，靠“老底”在那里混饭吃，一旦碰到新情况、新问题和新矛盾，便捉襟见肘，很不适应。小本事也好，老本事也罢，暴露出来的就是本领恐慌，难免陷入“新办法不会用，老办法不管用，土办法不能用，洋办法不适用”的尴尬与窘境。本事是干事最大的本钱。要在学习和实践中练就一身真功夫、硬功夫和好功夫，只有本事大了，并且不断长新本事，才能干大活儿、上大场面，才能到大江大河里去“游泳”。

二是没有奋斗干不成。事业是干出来的，干就离不开辛勤努力和艰苦奋斗。天上不会掉馅饼，一分耕耘一分收获。然而，如今在一些人身上，吃苦耐劳、“睡地板”、“咬咬牙”的精神差了，豁出去、“拼命”的劲头弱了，敢试、敢闯、敢冒的那股“气”少了，相比之下，工作上奉行“干点意思意思”的多了，生活上感觉“没啥意思”的多了，慵懒散漫成了一些人的工作常态和生活习惯。更有甚者，只想到索取没想到付出，只想到获得没想到舍得，贪图安逸、坐享其成，成了“饭来张口、衣来伸手”的“肉食者”。人是要有一种精神的。奋斗要有奋斗的样子，这个样子就是吃大苦、耐大劳的样子，就是埋头实干、苦干、拼命干的样子。奋斗是有味道的，这味道就是苦中有乐、苦尽甘来。奋斗者要有奋斗者的姿态，奋斗的样子最好看，奋斗的过程最幸福，只要奋斗就会让看似“不可能完成的任务”成为现实。

三是没有文化干不大。人是要有文化的，没有文化的人会走不远、飞不高、行不稳，而且会缺少格局和视野。现实生活中，有两种看法值得澄清和辨识，一种看法认为，文化是文化人的事，觉得一般人有没有文化影响不大，甚至无关紧要；另一种看法觉得有知识等于有文化，于是认为有了一纸文凭，或肚子里装了一些墨水，似乎就意味着有文化了。其实不然，文化人当然要有文化，但文化不局限于或仅限于文化人，想把事业干大，没有文化支撑就是一句空话。大量的正反事例告诉我们，知识是学来的，文化是修来的。鲁迅先生说过，文化是深入人骨髓里的一种东西。一种什么东西呢？就是一种教养、修养、涵养和素养。文化是一个人知识、学识、见识和胆识的集合，光有知识，不等于有文化。现实中，不乏一些有学历甚至高学历的人频现“雷人雷语”，让人大跌眼镜，就充分说明了这一点。

四是没有人格干不长。不缺性格缺人格，不缺能力缺魅力，这是眼下一些人身上致命的结构性缺陷。人格说到底是怎么做人。要懂得：做人不成功，做事成功是暂时的；而做人成功，做事不成功也是暂时的。现在有的人人格是不健全的，自私自利的有之，自轻自贱的有之，自负自大的有之，自怨自艾的有之，自暴自弃的亦有之，更有甚者，欺上瞒下、欺软怕硬，阿谀奉承、见风使舵，脚踩两只船、闻风两边倒，等等。人格是一种意志力，也是一种道德品行。人格高尚的人，会散发异彩，绽放光芒，其魅力让人肃然起敬，敬畏之余会让人更加敬重和敬佩；而人格低下的人，会充斥卑琐，笼罩萎靡，让人感到压抑。高尚的人格，让一个人的事业干得更加久远。

本事、奋斗、文化和人格是人们前行路上的四张“通行证”，不可或缺。无论缺哪一张，或“干不了”，或“干不成”，或“干不大”，或“干不长”，一句话，也就是“干不好”。缺什么补什么，方能真正干好。

34 · 拿什么聚拢人

一个地方、单位和团队，凝心聚力是至关重要的。俗话说：人心齐，泰山移。只要大家心往一处想、劲往一处使，就没有迈不过去的坎、闯不过去的关和走不通的路。那么，拿什么来聚拢人呢？最根本的不是拿钱、拿物，而是拿出能力和魅力来，去吸引人、感染人和凝聚人。

一靠以理服人。以武服人，是勇夫；以理服人，乃辩士。会用道理来说服人是一种大智慧、大本事。然而，现在不愿、不敢和不善讲道理的人不在少数。有的把讲道理看成说教，或认为讲道理是在唱高调，觉得太空洞、太抽象、太死板，苍白无力；有的怕道理说不好，人家不爱听，搞得自己尴尬，灰溜溜下不了台，甚至还有可能引火烧身，等等。道理是用来衡量对错、是非与好坏的，道理有大有小，大道理是管小道理的、硬道理是管软道理的，真正的道理好比长了翅膀，可以飞翔，而且如闪电能够击中人的思想与心灵。有道是：有理走遍天下，无理寸步难行。人，大都是讲道理的，只要把道理讲清楚、说明白和点透彻，并且更重要的是讲得有意思、有趣味，让道理更加通俗易懂、生动活泼，便能够让人心服口服。

二靠以情动人。“感人心者，莫先乎情。”人是有感情的高级动物，常言道：人非草木，孰能无情。打感情牌，往往是打开心扉、化解矛盾、融洽关系和消除隔阂的有力武器。以情动人，首先自己得是个感情丰富而充沛的人，一个麻木不仁、消极冷漠的人，一个毫无恻隐之心、善良之举、仁爱之情的人，谈何去温暖人、焐热人和感染人。“随风潜入夜，润物细无声。”以情动人就是要以心换心，找到心灵的契合点；就是要以爱暖心，唤醒情感深处最柔软的部分；就是要以真交心，在向人打开一扇窗时，人家也为你敞开了一扇门。

三靠以信取人。“言而必有信，期而必当，天下之高。”“不宝金玉，而忠信以为宝。”言必信，行必果，诚信是获取人心的“硬通货”。当下社会，一些人似乎视诚信如草芥，轻易地毁掉自已的信誉度，甚至认为干大事就得撒谎、会“编故事”，使得诚信透支和诚信贬值。还有的迷信和推崇以利取人，认为“天下熙熙，皆为利来；天下攘攘，皆为利往”，遇事奉行钱开道、钱摆平，所谓有钱能使鬼推磨。其实，钱的作用终归是有限的。人交往到深处，还是诚信比金钱管用、比黄金珍贵。人有诚信，没有钱可以很“富有”；人无诚信，有了钱却很“贫乏”，正如古人所云：“一言为重百金轻。”以信取人，生命才可能开出灿烂的花朵。

四靠以行示人。“人之好我，示我周行。”示，乃给人看、让人知道和告诉别人的意思。以行示人，就是以自已的一言一行示范给人看，以身作则、言传身教。可是，有的人似乎唱功好、做功差，或者说归说、做归做，言行脱节、知行不一，不但不能以好的言行示人，反而以坏的言行毁人、害人和误人。以行示人，拿什么示人？换句话说，到底示什么给人看、让人学？要“示”的东西当然很多，但恐怕最为重要的，首先是“示”人以德行、品行和操守，正所谓“为政以德，譬如北辰，居其所而众星共之”；其次是“示”人以规矩，正如古人所言：“示人以规矩，不示人以巧”；再次是“示”人以技，施之以技，让人从你身上学到方法、技巧。以行示人不是“给我上”，而是“跟我上”，它既挂帅又出征、既做指挥员又当战斗员。“喊破嗓子不如做出样子”，以行示人，是最好且无声的号令。

“理、情、信、行”，既有内化于心的东西，又有外化于形的内容，追根溯源是儒家文化中“仁义礼智信”的折射和体现，倘若一个人能思之、悟之并践之，便能很好地“聚拢”人。

35·人生『四处』有芳香

人生说到底无非就是怎么看待别人和怎么对待自己。倘若能正确看待别人，则满眼春色、桃红柳绿；倘若能正确对待自己，则满面春风、意气风发。怎么看待别人，既有个角度问题，更有个做人高度和温度问题。

多看人长处，可以补己之短。尺有所短、寸有所长，人人身上都有长处，就看你愿不愿和会不会看。现实中，有的人或出于嫉妒，或出于偏见和成见，或出于傲慢，或出于认知等，对他人的长处往往视而不见，有的人甚至专门盯着他人的短处看，越看越不顺眼、越看越觉得没有一个人可交。多看人长处是一种很好的学习态度和学习方法。然而，经常看人的长处不是说到就能做到的，它既是一种能力，又是一种心态。要有善于发现、善于识别的能力，有时得独具慧眼，在不起眼或不经意之中察觉出、挖掘到，特别是有时表面的优点易看，潜在的长处难识，这就更需要有一种去表存里、去伪存真的眼力。能不能看人长处，还取决于好的心态，倘若是武大郎开店式的妒贤嫉能心态，别说看人长处，恐怕明明有长处的人也会被拒之门外。越多看人长处，越会觉得可交可用的人越多，越会拥有更多可交可用的人，越会学到他人的长处、弥补自己的不足。

多容人短处，可以扬己之长。金无足赤，人无完人，人都是有各种各样不足、弱项乃至缺陷的，再优秀的人也有力所不能及的短板，应该怎么看、怎么办？有的人嫌弃，瞧不起，甚至鄙视；有的人嘲讽、挖苦、对人不恭；还有的人因此把人看扁。容人之短，需要一种度量和气量，也是人的一种胸襟和格局。容不是怂恿、包庇，而是宽容、包容，多一份理解，少一份计较，容是发现了他人之短，却不过多地责备、抱怨和嫌弃，而是与之一起面对并改正。容人之短可以团结、凝聚更多的人，也可以帮助、塑造更多的人。当然，容人之短是容那些不可避免、不“伤筋动骨”之短，而非原则问题，更不是大是大非问题。多容人短处，让自己的胸怀更加宽广，让自己的人格更富魅力。

多帮人难处，可以温暖人心。人字一撇一捺，形象地告诉人们，人就是相互帮助、相互支撑。帮人等于帮己，一个从来不愿也不会帮助别人的人，也别指望别人帮助他。然而，这么浅显的道理，有的人却不明白或不够明白。有的人奉行人不为己、天诛地灭，凡事考虑的是自己，遇事习惯自扫门前雪，打自己的小算盘；有的怕帮人不成反招怨恨，感叹人心不古、世风日下，帮人可能会帮出问题，甚至惹火烧身；还有的对有困难的人，常常冷漠无情、麻木不仁，等等。人人都会碰到有难处的时候，人人也都会碰到人家有难处的时候，“一人有难、八方支援”，面对他人有难时，不躲避、不回避，不吝啬、不打折，及时施以援手，或慷慨解囊，或拉扯一下，或帮扶一把，既锦上添花，更雪中送炭，既授人以鱼，更授人以渔，以善良之举、恻隐之心、仁爱之情去点燃自己、照亮他人，去成就自己、温暖他人。

多记人好处，可以赢得人心。人这一生，免不了在一些时候和一些事情上受惠于人，这不能忘却也不该忘却，特别是在自己人生的关键时、紧要处、转折点和危险地受人帮助，更应铭记于心、没齿难忘。现实中有那么一些人时过境迁后，会“记忆无痕”，像得了健忘症和失忆症，更有甚者过河拆桥，让人心寒，也让人不齿。“羊有跪乳之恩，鸦有反哺之义。”常念人之好处是做人的良知所在，丢掉了这一点就丢掉了做人的本色。快乐而成功的人不一定懂得知恩念恩感恩，但知恩念恩感恩的人一定会快乐而成功。

多看人长处，既是一种角度，也是一种态度；多容人短处，既是一种格局，也是一种格调；多帮人难处，既是一种胸怀，也是一种情怀；多记人好处，既是一种修为，也是一种修养。这样去做了，“朋友圈”就会越来越大，人生之路也就芳香扑鼻。

36 · 人当择善而行

崇善向上是人性中最美的底色，也是最好的本色。它既是一种好的价值观和人生观，也是一种美好的人生追求和向往。善乃上，上则善。以上为善，以善为善，成就人生的理想状态和美丽的“风景画”。

一是择善人而交，方可行稳致远。人的一生，交什么友很重要。《论语 · 季氏》中说：“益者三友，损者三友。友直，友谅，友多闻，益矣；友便辟，友善柔，友便佞，损矣。”交什么友和怎么交友，既折射出一个人的人生态度和价值取向，又影响乃至决定人的人生方向乃至走向。正反两方面大量事实反复说明，有的人正因为交“益友”而“近朱者赤”，也有的人因为交“损友”而“近墨者黑”。意识到并坚持这样做到是不容易，也不简单的。有些人或意识得到，却难以做得到；或开始时做得到，到后来逐渐放松，起了变化，变得没做到；或有些场合和情况下能做到，而有些场合和情况下又做不到，等等。现实中，因为与那些“不三不四”的人交往而被带坏，或直接栽倒在各色各样“朋友圈”里的人不乏其例，令人扼腕叹息。交友当择善人而交，与良善者同行，心怀苍生，大爱无疆。“善人”说白了就是那些好人，就是那些带正能量的人。与善人交，还得“善交”，就是简简单单、清清爽爽地交，规规矩矩、正正当当地交，明明白白、干干净净地交，让自己的朋友圈“如入兰室”，神清气爽。

二是择善书而读，方可心明眼亮。“积财千万，无过读书。”把读书作为一种生活习惯和生存方式，是一个人迈向进步必不可少的阶梯。然而，对于读什么书和怎么读书的问题，一些人似乎似懂非懂、似是而非。有的人热衷于读“坏书”，诸如厚黑学、权谋术、风水算命等，这类书讲授歪门邪道、旁门左道；有的人一味喜欢读“死书”，这类书知识老化、东拼西凑、毫无生气；还有的人则停留在“死读书”上，孤立地、机械地读书。读书是一门艺术。不但要读“善书”，而且要“善读书”。“善书”是传道授业解惑的重要载体，打开一本“善书”，就是拥抱一个崭新的世界。“士大夫三日不读书，则义理不交于胸中，对镜觉面目可憎，向人亦语言无味。”“书犹药也，善读之可以医愚。”读“善书”和“善读书”，既是人生的“加油站”，又是生命的“美容院”。

三是择善言而听，方可耳聪目明。在人生成长道路上，什么样的话对人最有帮助？什么样的话让人终生难忘？绝不是那些甜言蜜语，不是那些一味赞美你、夸奖你的“好话”，而是那些批评声和逆耳话，有时就是一些反对声和带刺的话。应该说，人都是爱听好听的话，这是人的一种本能。然而，“信言不美，美言不信”，真实的话往往听起来不好听，听起来好听的话往往不真实。凡是一切发自内心的出于善意的真实的话都是善言，这些善言有的好听，有的难听，无论好听还是难听，只要是善言都应该以一种胸怀去接受，以一种胸襟去吸纳，以一种真诚去听取，真正入耳入脑入心。择善言而听，让人多一分清醒和冷静、多一分理性和自觉，让人及时地修正自我、完善自我。

四是择善事而为，方可心安理得。人之大德，莫过行善。现实中，在做好人、行好事问题上有两种想法是不可有的。一种是觉得做善事难，认为现在人心不古、世风不好，怕做好事弄不好给自己惹麻烦、添苦恼和遭罪受，甚至引火烧身，于是有所谓“跌倒的老人扶不扶”“陌生人的求助帮不帮”这样一些“伪命题”；另一种是觉得做善事累，认为自己有做善事之心，但无做善事之力，心有余而力不足。行善事从一开始就得有不图和不计回报之心，倘若怀有一颗纯粹、干净、清澈的心，就不会在乎那些不堪的东西，更何况俗话说“善有善报，恶有恶报”。要永远相信人世间善比恶好这一朴素至简的道理。“勿以善小而不为，勿以恶小而为之。”行善事不分大小，只要是对人有利、有益的事都可为之。择善事而为之，可谓受之大益不在于物力之“舍”，而在内心幸福愉悦之“得”。

第二辑

2016年1月到2017年8月，承蒙中共中央办公厅主办的《秘书工作》杂志社厚爱，为我在杂志上专门开了一个“小天窗”，取名“方步谭”，于是，成就了我关于人生修养的15篇小文章。我把这15篇小文章，连同这两年在《人民日报》上发表的有关人生修养的7篇同类文章合在一起，便有了这第二辑的内容。

人生修养是门大学问，需要大智慧。度是这门学问的核心内容和关键所在。凡事贵在有度，也难在有度，更成在有度。度里面有很奥妙的哲学思维和哲学逻辑，准绳在于关节点的把握，诸如过犹不及、欲速不达等，突破关节点，事物的质就会发生变化。掌握适度的原则，学会把握好分寸，才能站在人生的平衡木上翻腾而不跌落。

37 · 做人要大气不霸气

人应涵养一种大气。凡大气者，皆有大气象、大格局、大境界，亦能挑大梁、干大事、成大器。大气之人让人舒服、舒心和舒畅，让人敬重、敬佩和敬畏。

大气之人往往语气不惊不惧、气势不张不扬、性格不骄不躁，静得优雅、动得从容、行得稳健，为人豁达、胸襟宽阔，光明磊落、气宇轩昂，阳光敞亮、豪气爽气。大气之人，有一种纳百川、怀日月的气概，一种成熟宽厚、包容大方的气量，一种胸有成竹、从容淡定的气度，如大山一般浑厚、似大海一般渊博。大气之人，往往纵横捭阖、举重若轻，潇洒飘逸、收放自如，临危不惧、从容不迫，拿得起、放得下，他们有“兵来将挡，水来土掩”的自信，有“宰相肚里能撑船”的胸怀，有“会当凌绝顶，一览众山小”的眼界。

纵观大气之人，大都志存高远、深谋远虑，站得高、看得远、想得深，踱着方步、仰望星空。他们有一种家国情怀、担当精神，是有大格局的人，是顶天立地的人。然而，大气者不一定位高权重，大气并非大人物的专利。不论职位高低、权力大小，即便小人物也可以说“大话”，即便身处一隅，也能以一隅而观世界。

古往今来，大气之人似繁星点点，熠熠生辉，照亮人类历史的长河。手摇羽扇，运筹帷幄，决胜于千里之外的孔明；高歌“风萧萧兮易水寒，壮士一去兮不复还”的荆轲；吟诵“举杯邀明月，对影成三人”的李白；喊出“安得广厦千万间，大庇天下寒士俱欢颜”的杜甫；“先天下之忧而忧，后天下之乐而乐”的范仲淹；“人生自古谁无死，留取丹心照汗青”的文天祥；“横眉冷对千夫指，俯首甘为孺子牛”的鲁迅；面对铡刀大义凛然的刘胡兰……漫步历史人物长廊，这些人都是响彻云霄的大气之人。毛泽东一句“问苍茫大地，谁主沉浮”，更是酣畅淋漓、无以复加。

大气靠养，有三种养法。一靠读万卷书。古人云：“三日不读书，则义理不交于胸中，对镜觉面目可憎，向人亦语言无味。”又曰：“一日不读书，胸臆无佳想；一月不读书，耳目失精爽。”正所谓“腹有诗书气自华”，读万卷书晓天下事，自然大气了得。自古以来，凡大气者多半有大学问、大智慧和大胸襟。二靠行万里路。见多识广，才可能视野开阔、气度非凡。这里所谓的“行万里路”，就是要在实践中经风雨、见世面，上大场面、挑大梁、干大事业，能够经历大事件的考验、经受大风浪的冲击、经得大场面的熏陶。三靠交八方友。“与善人居，如入芝兰之室，久而不闻其香，即与之化矣。”常与、久与、多与有鸿鹄之志的大手笔、大气魄、大视野之人交往，自然而然也就会“近朱者赤”了。

大气可有，霸气不可有。霸气貌似大气，实则大相径庭。霸气之人往往自以为是、刚愎自用、唯我独尊，逞一时之强。“力拔山兮气盖世”的西楚霸王项羽，虽气吞山河，却霸气十足，终因霸气而“别姬”，兵败垓下，乌江自刎，让后人无不为之惋惜。因此，人要大气不霸气。人一旦霸气上身，便似“土皇帝”，搞“顺我者昌，逆我者亡”。霸气之人必定变得霸道。霸道者必“横行”，我行我素，唯我独尊，霸道倘若一再任性，势必说一不二，主宰或左右一切。凡霸道者皆伴有“狂妄症”“嚣张病”，染上戾气、匪气、痞气，有时还有杀气。霸气绝不是豪气，绝不可把“敢说话”“敢亮剑”等同于霸气，霸气说白了是一种江湖气。霸气的人，会让人远之、厌之，最终落个众叛亲离、孤家寡人的结局。

“他年我若为青帝，报与桃花一处开。”何等大气也！“待到秋来九月八，我花开后百花杀。”又何等霸气矣！大气给人天高云淡、晴空万里的感觉；而霸气则使人有一种泰山压顶、黑云压城般的压抑。

欲成大器，得养大气。然而，若沾霸气，难免“断气”。故，做人得大气但不可霸气。

38 · 人当自信不自负

人贵在自信，重在自信。“自信人生二百年，会当水击三千里。”这是青年毛泽东的诗句，展现了挑战人生极限、成就一番大业的凌云壮志。自信是人生的风帆，是成功的秘诀。“我行”“我能”“我可以”，常常是自信者的口号和名片。

自信是一种心态，也是一种状态；是一种气质，也是一种品质。梁启超说：“自信者常沉着。”自信的人总是信心满满、意气风发又从容不迫，洋溢着灿烂的笑容，迈着轻盈的脚步，说话时底气十足，做事时劲头十足，相处时轻松自如，拍板时果断坚毅，即使遇到棘手的问题或者面临困境，也能举重若轻、从容镇定。人拥有了自信，年龄不成问题，困难不是阻碍，年长的会变得年轻，平庸的会变得非凡，怯懦的会变得英勇，弱小的会变得强大。

人难在自信，赢在自信。不是什么人都能自信满满、百折不挠的。自信从哪里来、怎么来？不是自己吹出来的，也不是装出来的，更不是人家夸出来的。说来说去，获得自信的途径，无非两条：一条从实践锻炼中来，一条从学习、思考中来。实践既出真知，又出自信。长期的实践锻炼、丰富的阅历，让你“见多识广”；不断地摸爬滚打、身经百战，让你“百炼成钢”。“接地气”的人往往有更多底气，有了底气也就有了自信。过的桥比人家走的路都多了，自然让你遇事不慌、处变不惊。对实际情况的了解和掌握烂熟于心，自然让你心中有数、轻松应对。对事物发展的特点和规律、对其态势和走势形成自己的想法和办法，自然会为自信加分。自信通往成功，又在成功中增添新的自信。当一个人学识、见识和胆识集于一身，能力和实力、经历和阅历兼容并蓄时，自信也就不请自来了。

人，既怕没有自信，又怕过于自信。过于自信往往导致自以为是、夜郎自大。过于自信便是一种自负。固执和任性往往是自负者那生硬、桀骜的面孔，所以自负的人排斥他人、刚愎自用。自负的人是“睁眼瞎”“闭耳聋”，选择性地看、选择性地听，选择性地认知、选择性地判断。自负源于盲目，又带来更大的盲目；自负源于故步自封，又造成更大的故步自封。结果，往往与机会擦肩而过、与成功失之交臂。

美国作家、诗人爱默生说：“自信是英雄的本质，自负是愚人的特征。”自信不自负，是智者勇者的标签。它透着一种气质、洋溢着一种魅力、充满着一种力量，它是一种成熟的美，也是美的成熟。自信而不自负的人，对自己的认知是清醒、理性和精准的，既知道自己能做什么、该做什么，又明白自己在做什么、要做什么，既清楚自己的长处，又了解自己的短处。

自信是成功的起步，自负乃成功的止步。欲做成功之人，当自信而不自负。

39 · 人要争气不要斗气

俗话说："佛争一炷香，人争一口气。"从一定意义上讲，人活着就是为了争一口气。有的人曾家境贫寒、出身低微，被人瞧不起、看不上，然而刻苦努力、一路打拼，最终靠苦学苦干成就一番事业；有的人在学习、工作上曾落后于人，事不遂愿，然而卧薪尝胆、奋发作为，结果弯道超车，令人刮目相看。

懂得争气、努力争气的人，血是热的，心是澎湃的，生命是年轻的，如破土小草茁壮地生长，似破茧之蝶顽强地展翅，充满蓬勃向上的生机与活力。当年鲁迅先生对笔下的阿Q是“哀其不幸，怒其不争”，俗言“可怜之人必有可恨之处”，阿Q的“可恨之处”便是不争气。

人，应该争气、必须争气。人生一世，草木一秋。“雁过留声，人过留名。”来到这个世上，大多数人都想踏踏实实做几件有意义的事，轰轰烈烈干几件增光添彩“长脸儿”的事。“中国铁路之父”詹天佑，面对外国人“能够修筑铁路的中国工程师还没有出世”的挖苦，顶着重重压力，用不到4年的时间建成了原计划6年完工的我国自主修建的第一条铁路——京张铁路；铁人王进喜“宁肯少活二十年，拼命也要拿下大油田”，为国分忧解难、为民族争光争气；还有当年曾经让无数国人扬眉吐气的女排姑娘，以漂亮的“五连冠”打出了国威，赢得了尊严，等等。这些早已成为我们“集体记忆”的故事，生动地诠释了争气的意义和价值。

人靠什么争气？不是靠嘴巴吹出来的，而是靠实际行动干出来的。争气实际上争的是志气和骨气，最终还得靠本事和本钱，靠实力和实干。越是在遭受挫折的时候，越需要争气；越是在遭人歧视的时候，越需要争气；越是在受制于人的时候，越需要争气。干出了成绩，取得了成功，就是最有力的争气。

真正懂得争气、学会争气的人，是不会也没必要去斗气的。斗气就是赌气、撒气、怄气，往往你争我斗说气话、发脾气。或极尽讽刺挖苦之能事，贬损他人，伤人面子又伤人里子；或互不相让，“顶”在那里“掰手腕”，非得争高低、论输赢、决强弱；或图自己一时痛快，“撂挑子”“卸担子”，等等。“千里家书只为墙，让他三尺又何妨！万里长城今犹在，不见当年秦始皇。”赌气、撒气、怄气，或许能解一时心头之气，实际上非但解决不了问题，反而伤身又伤心，伤人又伤己。《三国演义》中诸葛亮“三气”周瑜，周瑜大叹“既生瑜何生亮”，结果斗气而亡。眼下，一些人“路怒”开斗气车，也常常因一时之怒而酿成大祸，教训惨重。斗气好比蜜蜂蜇人，“把整个生命拼在对人的一刺之中”。赌气堵的是自己的路，斗气伤的是自家的命。人可以较真不可以较劲，可以红脸不可以翻脸，斗气就是在较劲和翻脸。

争气是强者的阶梯，斗气是弱者的拐杖。要争气，不要斗气。

40 · 人当有傲骨没傲气

人生在世，应当有骨气，必须有骨气。有了骨气，人品有高度、人格有硬度，才是一个顶天立地大写的人。有了骨气，就有一种气势和气场，腐蚀近不了身、诱惑入不了心。有骨气的人，活得有尊严、有气质，既让人敬畏敬仰，又让人敬重敬佩。

然而，现实中不是人人都有骨气的。有的人面对权势极尽投机钻营之能事，阿谀逢迎、低三下四，甚至奴颜婢膝，像藤蔓一样，依附高枝而攀爬，挺不起自己的身躯；有的人面对名利无所不用其极，花言巧语、坑蒙拐骗、明争暗斗，甚至放弃做人的尊严、做事的底线，等等。

有骨气的人长什么样？人们或从其眉宇神情、举手投足、待人接物中品得出来，或从危难时刻、大是大非中读得出来。正直，是他的表情，不卑不亢是他的姿态。有骨气的人，从道不从上、跟理不跟风，有一种不畏于权势的精神，有一种不委于名利的品格，有一种不慑于淫威的气节。千百年来，孟子的“富贵不能淫，贫贱不能移，威武不能屈”成了有骨气者的生动写照。晏子使楚，不从“狗门”入，绝不受辱；渑池之会，蔺相如迫秦王击缶，不辱使命；屈原“亦余心之所善兮，虽九死其犹未悔”；陶渊明宁愿辞官归隐，也不为五斗米折腰；李太白“安能摧眉折腰事权贵，使我不得开心颜”；朱自清情愿饿死也不领美国救济粮，等等，这些都是做人有骨气的标杆。骨气，就是这样一种折不断、打不烂、压不垮、扭不弯的脊梁。

人之骨气，源自三点：一曰无私无畏。“如烟往事俱忘却，心底无私天地宽。”大凡心地干净纯粹，无私欲、私念、私情、私心的人，便有了凛然骨气、浩然正气。二曰无欲无求。“壁立千仞，无欲则刚”“事能知足心常泰，人到无求品自高”。只有真正把欲望放下的人，不把功名利禄放在眼里的人，才会有一身铮铮铁骨，站得直、立得正。三曰无拘无束。人要有约束，但不可太拘束。有骨气的人，往往颇有个性，不受陋习所羁绊，不为人言所左右，表现出真性情，坦诚而执着。有骨气的人，心中有大方向、大原则和大是非，肩上有使命、有责任、有担当。

骨气不可无，而傲气不可有。徐悲鸿说过：“人不可有傲气，但不可无傲骨。”傲气之人，常常表现得盛气凌人、目空一切、自命不凡，傲慢是他的表情，轻视是他的做派。傲气的人缺少修养和教养，孤芳自赏，不懂得“山外有山、天外有天”。事实上，有傲气的人，眼里只剩下自己而没有他人，终因看不起他人而被人看不起，终因目无他人而被人看不惯，以致没有朋友，人人畏之远之。

骨气，乃人性中的大美；傲气，是人性中的大忌。有骨气的人，人品有高度；没傲气的人，人格有温度。有骨气而没傲气，做人便既有高度又有温度。

41 · 多些书卷气 少些书生气

人有书卷气，气质美如兰。有书卷气的人，身上有那么一股淡淡的书香，透着墨的芬芳，留着砚的韵味，带着纸的气息。千百年来，那一缕缕飘逸的书香，把一批批文人志士熏陶和浸润得文雅儒雅、优雅高雅。

漫步历史长廊，洋溢书卷气的人不胜枚举。从“斗酒诗百篇”的李太白、“才思敏捷、风流倜傥”的苏东坡，到通宵达旦秉烛夜读《春秋》的关云长、“谈笑间樯橹灰飞烟灭”的周公瑾；从起义前写下《与妻书》的林觉民、狱中留下《清贫》的方志敏，到“断头今日意如何？创业艰难百战多”的陈毅，等等，一个个充满书卷气的诗人、儒将、先烈、元勋，活灵活现、扑面而来。纵观人生跌宕起伏，到最后实质上拼的是气质而不是颜值，是精神而不是物质，再美的容颜、再高的颜值，都会随着韶华流逝而无情衰退，而气质会伴随终生，甚至历久弥香。

书卷气不是与生俱来的，而是日积月累沉淀下来的。书卷气从哪里来？一是从读书中来。“腹有诗书气自华。”书卷气绝不可能在牌桌、麻将桌上“打”出来，更不可能在酒肆、茶楼里“泡”出来，只会也只有在书桌、书房中浸润滋养出来。读好书、好读书的人，以书为伴、以文为友的人，书卷气自然而来。读书，还要善读书、活读书。要学会跳出书本去读书、联系实际去读书、带着问题去读书，边读边思考边接地气。善读书滋养出书卷气，而死读书则驯养出书生气。二是从修身中来。现实中，有的人书读得也不少，充其量只是个“书生”“学究”，落到“愧无半策匡时难”的境地；而有的人虽然书读得不是特别多，但因“吾日三省吾身”，善于以此弥补读书不够的短板，于是举手投足间充盈着一种超然脱俗的清新之气。从这个意义上说，修身也是在读书，读好人生无字书，也能涵养出做人的书卷气。

“十有九人堪白眼，百无一用是书生。”“洗净书生气味酸。”书生既成不了大器，又成不了大事。“白面书生”缺少风雨洗礼，缺乏风浪考验，往往想法多办法少，只会“处理文字”而不会“处理事件”。不接地气是书生的标签。不少书生成了书呆子，看问题简单、幼稚，对实际问题知之不多或知之不深，活在真空里而不是活在真实里，活在虚幻中而不是活在生活中，活在书本里而不是活在现实里。历史上，纸上谈兵而致数十万赵军被坑杀的赵括，为书生气作了害己误事的注释；自诩精通兵法却失街亭的马谡，替书生交了一份断头的答卷；鲁迅笔下满口“之乎者也”的孔乙己，更是成了无用书生的符号和代名词，等等。有书生气的人不可大用，更不可重用。

书卷气与书生气，一字之差，天壤之别。做事也好，为官也罢，书卷气少不得，书生气要不得。

42·人可示强不可逞强

人是示强好，还是示弱好？到底该不该示强？如果应该或者可以示强的话，怎样示强？这当然得具体情形具体分析，不能一概而论。一般而言，应该示强时可以示强，而且有时必须示强，但得恰到好处，不可一味示强，更不可以逞强。

示强是一个人强大力量和坚定立场的昭示，也是一个人坚强意志和顽强态度的宣示。示强既得因地制宜，更得顺势而为。《后汉书·虞诩传》

中说："虏见吾灶日增，必谓郡兵来迎。众多行速，必惮追我。孙膑见弱，吾今示强，势有不同故也。"其意说的是，孙膑示弱是诱敌深入，而我示强是使敌人不敢追赶，这是由于形势不同的原因。具体而言，至少有三种情形可以也应该甚至必须示强。一种是需要"不战而屈人之兵"的时候，能够有效震慑他人，有力打击他人气焰，正所谓"示强止戈"也；一种是需要提振精气神的时候，能够鼓我士气、扬我斗志、凝我力量；一种是需要保自身安危的时候，能够扭转局势、转危为安。"人善被人欺，马善被人骑"，一味地不愿、不会和不敢示强，则会被人误读、误解和误判，甚至被认为软弱可欺。

示强，该"示"什么强？当然可以"秀肌肉""亮剑"，展示强大的实力和力量。然而，示强必须是有资本、有底气的，"大块头"也要有"大智慧"。示强的关键在于"示"人心。这强那强，人心最强。只要万众一心、众志成城，就没有爬不过的山、过不去的坎、战胜不了的艰难险阻。示强，该怎么"示"强？重要的不在于言辞，而在于行动；不在于表面，而在于内心；不在于一时，而在于一直；不在于小事，而在于大事。示强不是比“谩骂”、比“互撕”，看谁的嗓门大、音量高、话语狠，语言上的快感换不来内心的强大。

必要的示强，可以也应该，但得适可而止。一味地示强容易惹是非、引怨愤，树敌太多，使自己成为众矢之的。人不可太强势。太强势的人，盛气凌人、咄咄逼人，逼人太甚往往适得其反，正所谓“兔子急了也咬人”。示强必须有理有节，过之则变成好斗和逞强。逞强是一种炫耀、显摆和卖弄，是一种嚣张、狂妄和耍威风。逞强不是一种真正的强者所为，从来没有见过哪个真正的武林高手在出场过招之前先要自吹自擂一番。逞强的人，容易斗气、生气、怄气和撒气，甚至因为“气不过”而受伤、受损。历史上有个秦武王，好勇武，曾执意要和大力士比力气举大鼎，结果被大鼎砸死，闹出历史上天大的笑话。这种逞强是逞匹夫之勇，大可不必。

示强是力量的表露，逞强是自不量力的表演。示强而不逞强，威而不怒，屈人不以战，是最好的示强。

43·人可以示弱不可以软弱

人该不该示弱，可不可以示弱？很多人的想法和看法是不一样的。现实中，示弱的人似乎越来越少了，人一般都不愿、不甘和不善于示弱。有的人把示弱等同于“无能”“胆怯”“没用”，甚至看成是“缺钙”“软骨”“窝囊”；有的人把示弱与做人的尊严和面子挂钩，觉得示弱会失尊严、丢面子，被人说闲话、瞧不起，甚至被人欺负。

应该说，不示弱是人的一种本能，人们通常用“毫不示弱”来形容一个人的勇敢。人都是要面子的，谁都不愿意把自己的短处、弱点显示出来。然而，学会适时适度地示弱，既是一种需要、一种本事，也是一种气度。

人在两种情形下是可以也应该甚至必须示弱的：一种是自身力量还没有强大到可以示强；另一种是避人锋芒、迂人锐气，让自己转危为安、化险为夷。古往今来，这两种情形下示弱的例子不胜枚举。廉颇是战国时期赵国大将，勇猛善战。蔺相如原是一介门客，后因渑池之会功劳卓著被封为上卿，且位列廉颇之上。廉颇不服，屡屡扬言“我见相如，必辱之”。面对强势的廉颇，蔺相如忍辱负重，“每朝时，常称病，不与廉颇争列”，望见廉颇，“引车避匿”。蔺相如的示弱，成就了后来传为美谈的“将相和”。还有孙膑用减灶法击败庞涓的故事。魏、赵曾联合攻打韩国，韩国向齐国求救，齐国派田忌带兵救韩国。田忌采用孙膑计策，诱敌深入。魏国大将庞涓挥师在齐军后面追了三天，见齐军第一天造十万灶，第二天五万灶，第三天三万灶，随后做出错误判断，丢下步兵，只率轻兵锐卒，日夜兼程追赶齐军，结果遭埋伏，兵败自刎。再有就是著名的鸿门宴。在那剑拔弩张、暗伏杀机的场合，刘邦聪明示弱，毕恭毕敬，结果逃过一劫，并最终战胜了项羽。这些故事都很好地诠释了示弱的智慧和谋略。

示弱，并非软弱，而是权宜变通之计。示弱者不显山不露水、不惹事不生非，在很多人的眼里，不具备挑战性、威胁性。从这个意义上讲，示弱是韬光养晦、养精蓄锐的好策略。如果说，面对压力不低头、不屈服是有个性的话，那么适时适度示弱，则是聪明的选择。

人可以示弱，但不可以软弱。软弱者仰人鼻息而行事、寄人篱下而苟且，没志气、无骨气，没底气、不硬气，是真正的懦夫。软弱是无能的亲兄弟，是懦弱的双胞胎。软弱的人往往“烂泥扶不上墙”，扛不住事、担不起责，立不住、走不远、飞不高。人软弱才真正会被看不上、瞧不起。

示弱常有真英雄。“天下莫软弱于水，而攻坚强者莫之能胜。”强者示弱、赢者示弱，方能立于不败之地。示弱不软弱，方能成就真正的强者和赢家。

44 · 人可以示好不可以讨好

人与人交往，难免会有分歧、芥蒂乃至冲突，而当需要化解、消弭时，示好不失为一剂良药。示好是表达友善的一种语言和信号。

然而，有的人怕示好时别人不领情、不买账，置自己于尴尬境地，弄得灰头土脸，陷入被动；有的人怕示好时授人以柄，被人笑话，结果“赔了夫人又折兵”；有的人觉得示好是妥协、退让，甚至是认输、服软和失败，是丢面子、没尊严的事，于是放不下架子、拉不下面子，等等。

所以，一些人似乎不愿、不能和不善于示好。

恰当的示好，既是一种能力，也是一种智慧；既是一种修养，也是一种修为。不懂示好的人无趣无味。总是硬撑着，一根筋到底、一条道走到黑，不懂得灵动善融，呆板而乏味。人不能总是“端”着，若有矛盾和裂痕一直僵着，绷紧了的关系不仅不能改善，还会因绷而崩。不懂示好的人无能无力。懂得什么时候示好、对谁示好、该怎么示好，是需要魄力和能力的，需要灵活性，审时度势，拿捏好火候。示好是有底气、有自信的表现。不懂示好的人无招无术。示好是让步的艺术，既有明示，又有暗示；既有直接示，又有间接示。其中有不少门道，得讲究方法，掌握技巧。

“人之好我，示我周行。”“好我”者，我当好之。这种示好可以让自己变得亲和而有温度、生动而又灵活。示好是润滑剂，是橄榄枝，像温暖的阳光、和煦的春风和清澈的秋水一样，给人与人的关系抹上了一道暖色，涂上了一层亮色。

当然，示好也颇有讲究。示好得分清对象，解决对谁示好的问题。不是对谁都可以随便示好的，可以对朋友甚至对手示好，但不可以对小人示好，否则只会自讨没趣。示好得注意场合，解决在哪儿示好的问题。在不适宜的场合、不适合的氛围中示好，或许会适得其反，甚至自取其辱。示好得掌握节点，解决什么时机示好的问题。示好不可过早，也不可过迟，时机不成熟，效果就不理想。示好得把握分寸，解决怎么示好的问题。过犹不及，没有把握好其中的度，示好则有讨好之嫌。

讨好是做人的大忌。讨好是纯粹的取悦、迎合或迁就，是不讲原则的曲意逢迎，是别有用心的假意奉承。讨好与卖乖是左右脸，左脸卖乖、右脸讨好，既邀功讨赏，又溜须拍马。讨好需要千方百计揣摩别人的心思，看人脸色说话办事，是真正的没尊严、没原则、没底线。那些专门讨好上司和“主子”的人好比害群之马，往往惯坏了上司、败坏了风气。专事讨好的人，往往欺上压下，习惯于对上献媚、对下傲慢，令人鄙视、遭人厌恶。

示好是一种友善，讨好是一种伪善；示好者身子是软的，讨好者骨头是软的。人可以示好但不可以讨好。

45 · 人可以低调不可以低声

眼下，低调一说颇为流行。很多人视低调为一种人生哲学、处事圭臬和成功诀窍。低调似乎被越来越多的人所青睐、信奉和推崇，“低调做人、高调做事”成了不少人的口头禅。

低调就是以平和的心态、处下不争的姿态待人接物。“圣者无名，大者无形。”低调是一种谦虚谨慎的风度、从容不迫的气度，是成熟后的一种儒雅、成功时的一种平静。低调的人深刻而不肤浅、内敛而不浮华。

低调既是一种修养，又是一种内涵。低调的人内心是平静的，心态是平和的，具有波澜不惊、心静如水的定力；只有修炼到一定境界的人，才能放下身段，不显山不露水。低调既是一种能力，又是一门艺术。低调的人懂得何时何地、何种情形下隐忍，具备分析判断、把握分寸的能力。低调既是一种智慧，又是一门学问。在纷纷扰扰中留得一份清醒，懂得留有余地，“择高处立，寻平处坐，向宽处行”。

低调的人好相处、易成事。与之相处，如闻一袭幽兰，暗香扑面，让人心生静怡；与之对视，如赏一幅水墨丹青，韵致悠然，让人心旷神怡；与之交流，如品一杯淡淡香茗，清香萦绕，让人陶然于胸。古往今来，因低调而受益者不乏其人。春秋谋士范蠡助勾践灭吴雪耻后，隐退经商，富甲一方，被后人尊为“商圣”；三国时诸葛亮对蜀国居功至伟，但他谨守属臣本分，低调做人、功成不居，让后人敬佩不已；清朝宰相张英克己为官，不让权力任性，书写了“六尺巷”的佳话；老红军甘祖昌，曾被授予少将军衔，因数次负伤身体不好，坚持回乡务农；2015年诺贝尔生理学或医学奖获得者屠呦呦，始终专心搞研究，面对鲜花和掌声，保持着一份难得的平静，等等。山不自恃高而耸立云端，海不自恃深而容纳百川，地不自恃厚而承载万物。做人当低调，而功成名就者、才华横溢者、位高权重者、春风得意者尤需低调，有时意味着必须丢掉附加在身上的优越感、尊贵感、荣耀感等。只有志存高远而低调行事，才能善结良缘、事业通达。

低调并不是不把事情做好，而是不把做好的事情炫耀出来。低调不等于低声，不意味着无所作为。现在，有的人往往以低调为幌子或托词，不愿、不敢和不善发声，面对各种似是而非、混淆视听的奇谈怪论无以辨别或选择沉默，在大是大非面前扮演“开明绅士”，做起了“鸵鸟”；有的人信奉“出头的椽子必先烂”“枪打出头鸟”，需要担当的时候选择退缩，唯唯诺诺、支支吾吾；还有的甚至趋炎附势、阿谀奉承，毫无骨气，让低调变了味、走了形。低声，说到底是不敢担当、缺乏骨气的表现，是人格萎缩、精神萎靡的写照。

低调做人不等于低级做人，更不意味着做低级的人。低调是在“终成其高，必成其大”，而低声则是在低级做人和做低级的人。

46·人要昂扬不要张扬

人是要有点儿精神的。昂扬，乃精神世界里一种积极向上的气质和不屈不挠的品质。

“悲意何慷慨，清歌正激扬。”昂扬内含着一种力量，如喷薄而出的朝阳，冉冉升起，蒸蒸日上；似茁壮生长的春笋，破土而出，节节攀升；像含苞待放的花朵，蓄势待发，蓬蓬勃勃。昂扬是首青春之歌，流淌着沸腾的热血，激荡着澎湃的心潮。人，有了昂扬向上的精气神，便有了战胜一切困难的气概，便有了愈挫愈勇、越是艰险越向前的信心，便有了扬帆远航、蹄疾步稳的动力。

然而，物质的丰裕、生活的安逸等，却冲淡、消弭了一些人昂扬向上的精气神。有的害怕艰辛，吃不了苦、受不了罪，吃点苦则嗷嗷叫，受点罪则撂挑子；有的畏惧困难，动辄打退堂鼓，缩手缩脚、知难而退；有的止步挫折，吃一两个败仗就自怨自艾、自暴自弃，既不能从失败中走出来，又不能在挫折中站起来；还有的满足于已有，躺在功劳簿上或安乐窝里睡大觉，不思进取、寅吃卯粮，等等。昂扬精神的削减和衰颓，让一个人变得慵懒涣散，失去目标和斗志，甚至进入成长进步的“黑障区”。

昂扬是时代的精神地标，也是成功者的标签和符号。昂扬来自哪里？一是来自信念和信心。心中有信念，脚下有力量；有必胜的信心，就有奋发的状态，就有一股子“气”和“劲”。二是来自初心和初衷。不忘初心，则会有一种自觉和警觉；不改初衷，则不会丢失那一如既往、一往无前的精气神。三是来自动力和活力。活力，代表人旺盛的生命力，而由内而生的不竭动力是昂扬向上的活力之源。

人要昂扬，但不可以张扬。大凡张扬者，皆傲慢自恃，目空一切；由于不把任何人放在眼里，于是遭人嫉恨，以致众叛亲离，郁郁不得志。而昂扬向上的人，大多能一步步改变命运，走向成功。“富不过三代，穷不过五服”说的就是这个道理。现实中，经过不懈努力名扬天下却不事张扬，被世人敬仰、敬重的人不胜枚举。这里仅举一例。启功先生被尊为大师，名扬四海。可他在《自撰墓志铭》中却写道：“中学生，副教授。博不精，专不透。名虽扬，实不够。高不成，低不就……”其实，启功先生全名为爱新觉罗·启功，但他在所有书画、文章和书信中，从未用过“爱新觉罗”，他诙谐地说：“本人姓启名功字元白，不吃祖宗饭，不当八旗子弟，靠自己的本领谋生。”启功先生的一生为做人昂扬而不事张扬做了很好的诠释。

昂扬是乘风破浪的船帆，张扬是折戟沉沙的暗礁。人要斗志昂扬，切不可趾高气扬。

47 · 人当严谨莫拘谨

人生在世，说话做事须讲求严谨。“言有物而行有格也”，“言必可行也，然后言之；行必可言也，然后行之”。态度认真、谨言慎行、细致周全、追求完美，此乃严谨。严谨总是与细致结伴，与周全牵手，与认真为伍，与责任同行。严谨的人，说话办事让人放心，言行举止让人安心。严谨做事的人，是踏实可靠的人、诚实可信的人。

然而，有的人觉得严谨太过呆板，不够活

络，似乎不懂变通，甚至认为处事严谨的人不灵活、缺悟性；有的人觉得严谨沉闷乏味，不够洒脱，不会生活；有的人觉得严谨胆小怯懦，干啥都循规蹈矩、按部就班，甚至把严谨与守旧划等号、与无能相挂钩。如此模糊乃至错误的认知，导致不少人的言行与严谨相去甚远。有的只求“过得去”，不求“过得硬”；只满足于“大概”“也许”“差不多”，不追求“精细”“精确”“精准”；只一味或片面地贪图所谓的“大刀阔斧”“披荆斩棘”，而忽略了“精耕细作”“一丝不苟”，等等。于是，现实中“大意失荆州”的事例屡见不鲜。1930年，冯玉祥、阎锡山发动讨伐蒋介石的中原大战，原预定在豫、晋交界处的沁阳会师，没想到冯玉祥的参谋在拟制命令时，误将“沁阳”写成“泌阳”。泌阳与沁阳相隔百里，结果冯玉祥部误入泌阳，贻误了有利战机，导致联合作战失败。后人戏称这场中原混战是败在“一撇”上的战争。

人是需要严谨的，说话有条有理，行事有规有矩，出门穿戴得体，干活儿细致周到。当下，人们呼唤“工匠精神”的苏醒，赞美“航天精神”的伟大，呼吁去浮躁、讲精准，这都是对严谨态度的认可和企盼。严谨的养成，一要专心细心。做事很投入、很专心，心无旁骛、注重细节。二要用心精心。全心投入，总是把活儿放在心上、把心放在活儿上，倾注情感去做事。三要安心静心。去心浮气躁，不急功近利，方能气定神闲地做成事、干好活儿。严谨是训练出来的，也是修养出来的，无论怎样，必从一点一滴做起，不轻于易、不疏于细，即所谓"天下难事，必作于易；天下大事，必作于细"。

人须严谨，但不必拘谨。拘谨，乃拘泥于谨慎。拘谨的人，好比古时候大户人家的大小姐、豪门中的小媳妇，大门不迈、大气不出，没有了做人的磊落和洒脱。正所谓"过犹不及"，拘谨不是谨慎，而是不自信、没底气的表现。拘谨的人，言行过于谨小慎微，不自在、不自然，会释放一种令人窒息的紧张感。拘谨会折断思想的翅膀，熄灭创意的火花，把朝气变成暮气。

严谨是约束，拘谨是束缚。约束是需要的，束缚是要挣脱的，人需要严谨但不必拘谨。

48 · 人当执着莫固执

执着是一个人对自己追求的目标、从事的工作所表现出来的一往情深、一往无前的状态。当这种状态与社会、国家的利益相一致时，执着就展现出一种正能量，一种沉静、认真的美。

然而，在心浮气躁、急功近利的社会中，不少人逐渐丢掉了执着精神。有的不是“立长志”而是“常立志”，缺乏定力；有的工作中激情和干劲一阵风，来也匆匆去也匆匆；有的一帆风顺时精神抖擞、专心致志，而一旦遭遇挫折或失败，便丢盔卸甲、轻言放弃，等等。这种执着精神的缺乏与流失，使得不少人干工作、做事情或虎头蛇尾、前紧后松，或半途而废、功亏一篑。

人生需要执着，执着成就人生。人们耳熟能详的愚公移山、精卫填海、铁杵成针等典故，都诠释着执着的真谛，洋溢着执着的魅力。自然界有一种小花叫依米，它需要五六年才能开出美丽的四色花，但两天后便香消玉殒。五六年的生长只为那两天的绽放，这就是一种美丽的执着。古往今来，很多人正是凭着内心的执着、坚守，成就了一番事业，留下了一世英名。西汉时期，苏武受汉武帝派遣，出使匈奴，被单于扣留。单于派人对苏武威胁利诱，迫使他投降，但苏武毫不动摇，虽历尽苦难，仍忠贞不屈。他手持汉节牧羊，系在节上的牦牛尾毛全都掉光了也不撒手。十九年后他终返长安，老百姓都出门迎接。“苏武牧羊”展示了执着之美，昭示了只要永不放弃，世间一切皆有可能。

执着说到底是一种信念，源于有目标，靠的是毅力和定力。“咬定青山不放松，任尔东西南北风。”“青山”就是目标，“咬定不放松”就是毅力，“任尔东西南北风”则是一种定力。

人要执着，但不可固执。固执属非理性，是一种“不撞南墙不回头”“不到黄河心不死”的偏执。它表现出来的是一种盲目自信，其实有时是逃避现实采取的无效行动，有时是认知失准导致的执迷不悟。固执是偏见的姐妹花，坐井观天的人容易固执；固执是僵化的代名词，故步自封的人往往固执。固执的人喜欢认死理儿，常听不进意见建议；固执的人往往一根筋，总跟不上时代潮流，直至被时代潮流所淘汰和抛弃。

执着成就人生，固执困扰人生。人应当执着，但不可固执。

49·人贵得志不得意

得志，一是指人的志向、抱负得以实现。《史记·伍子胥列传》：“阖庐既立，得志，乃召伍员以为行人，而与谋国事。”苏轼《管仲论》：“故三代之兴，治其兵农军赋，皆数十百年而后得志于天下。”都是褒扬的意思。二是也能指贬义，一般形容欲望如愿后的失常状态，如“得意忘形”等词就有这类含义。从积极的意义上说，无论实现志愿，还是在事业上获得成功，得志都是人们渴望、向往和追求的一种人生状态。

人生得志不易。人各有志，人皆有志，然而，得志者少，少年得志者、常得志者或一辈子得志者更少。现实中，多少人曾踌躇满志、豪情万丈，可多少人又都行囊空空、无功而返。得志，乃人努力、天帮忙的结果，有时甚至是天时、地利、人和的机缘巧合。

得志时容易得意。人一旦得志，鲜花就多、掌声也多，听到的都是“礼炮”声，面对纷至沓来的恭维、赞扬，往往会情不自禁地飘飘然、昏昏然起来，于是放大自我，自鸣得意。特别是少年得志，更容易因为成功来得太快、太早，而越发自我膨胀起来。“春风得意马蹄疾，一日看尽长安花。”当一个人得志时，得意一阵也在情理之中，应该说是一种正常心理和本能反应。但是，如果不能及时地加以调适和控制，变得扬扬得意而不能自持，甚至飞扬跋扈起来，那就是得意忘形了。得意忘形说到底是一种轻浮和肤浅，是一种显摆和炫耀。凡事所谓“花要半开，酒要半醉”，倘若得志又得意扬扬，则会招人侧目，惹人嫉恨，引来祸患，最终难逃乐极生悲的下场。历史上走麦城的关羽、功败垂成的李自成等悲剧人物，其最终招致失败都有得志后得意、得意后忘形的身影在里面。

得志贵在不得意。当一个人春风得意的时候，保持一份清醒和自觉是难能可贵的。《左传·昭公七年》中讲到一个故事，作为三朝上卿的正考父深受倚重，可谓风光无限，但他三次受命，每一次都诚惶诚恐。“一命而偻，再命而伛，三命而俯。”是讲他第一次弯腰受命，第二次鞠躬受命，第三次俯下身子受命。人生路上其实有两件事最值得骄傲：一件是从成功中走出来，一件是在失败中站起来。胜不骄成不傲，人生就有了新的高度。得志不得意，要靠清醒的自我认知和良好的心态，面对成绩和成功能平和待之、平静处之、平淡视之。失意落魄时，需要的是坦然；志得意满时，需要的是淡然。

得志是站在人生高处的一种风光，而得意则是站在高处时的一种嘚瑟。得志而不得意，折射出一个人的修养和涵养，绽放出人性的优雅。得志难在不得意，得志贵在不得意。

50·成功莫过『失败不失望』

人生总是伴随着成功和失败，或与成功如期相约，或与失败不期而遇。学习与失败打交道，是走向成功的一门必修课。

人生不如意事十有八九。现实中，失败之事常有，失败之时常遇，失败之人常见。有的事业受阻，有的生活受困，有的情感受挫，有的学业受限。面对失败，有两种基本态度：一种是斗志不减，愈挫愈勇，屡败屡战；另一种是败下阵来，铩羽而归，一蹶不振。

失败是成功的大学校。成功者把失败当作垫脚石而不是绊脚石，视其为走向成功的跳板而不是成长的天花板。清代文学家蒲松龄，屡次应试不第，曾含羞给当时德高望重的大宗师黄昆圃写信自荐，希望能得到帮助，也未能如愿。然而，他没有气馁，作一副对联激励自己，上联是“有志者，事竟成，破釜沉舟，百二秦关终属楚”，下联是“苦心人，天不负，卧薪尝胆，三千越甲可吞吴”。他笔耕不辍，终于写成不朽之作《聊斋志异》。

人可以被击倒，但不可以被击垮。成功的秘诀说来很简单，一是不怕失败，二是不忘失败。若一个人站起来的次数能够比跌倒的次数多一次，他便是一个强者。人生的高度都是由跌倒的经历累积起来的。跌倒不算失败，而爬不起来才是真正的失败。失败不是成功的反面，而是成功的一部分。只要在一次次失败中吸取教训，有所收获，就能一步步向成功靠近。

成功不是也不可能是从天上掉下来或从地里冒出来的，它既是“撸起袖子”干出来的，也是在无数次失败中走出来的。成功很固执，它不相信言语，只相信行动。拿破仑有句名言："避免失败的最好办法，就是下决心获得成功。"成功须在困顿时怀揣希望。电影《肖申克的救赎》中有两句著名的台词："希望只会给予那些心怀希望的人。""梦想便是力量。"在失败面前失去希望的人，看不到出路，也忘掉了来路。这样的人整天只会唉声叹气，或埋怨生不逢时，或归咎运气不佳。其实，失意、失落、失败的时候，重要的是冷静下来，反思过往，寻到出路。

当一个人遇到过不去的坎时，不妨换一种人生姿势，学会说"没关系""不要紧""有机会，再重来"。留得青山在，不怕没柴烧；只要精神不滑坡，办法总比困难多。把困难踩在脚下，你才会站得更高。生活的辩证法告诉我们，危机当中有转机，痛苦的煎熬说不定蕴藏着人生华丽转身的机会。当你失落的时候，留点空白给希望，希望是你的指路灯塔。

失败不可怕，可怕的是失望乃至绝望。失败可能是变相的胜利，而失去希望则是彻底的失败；失败是成功预交的学费，而失去希望则只会让学费打水漂。一个人最大的破产是失望，最大的资产是希望，成功莫过"失败不失望"。

51 · 不妨来点自嘲

人，有时不妨来点自嘲。“运交华盖欲何求，未敢翻身已碰头。破帽遮颜过闹市，漏船载酒泛中流。横眉冷对千夫指，俯首甘为孺子牛。躲进小楼成一统，管他冬夏与春秋。”鲁迅先生著名的《自嘲》诗，把自嘲者的乐观、豁达和诙谐，还有那些许的窘迫、尴尬和无奈，以及洒脱和傲然不羁，描绘得栩栩如生，刻画得入木三分。往前追溯，唐代白居易有《喜老自嘲》，宋代陆游有《闲中自嘲》，无不寓庄于谐，读来回味无穷。

自嘲，便是拿自己开涮，自我调侃、自我解嘲，幽自己一默。然而，现实中，不是人人都愿、人人都敢，或者人人都会自嘲的。有人觉得自嘲是自虐，是傻帽，是玩世不恭；有人生怕自嘲不成，反倒成了自贬、自损，让人耻笑，授人以柄；还有人以为自嘲是自卑的表现，是自暴自弃、丧失人格，等等。

自嘲是一种自信，也是一种胸襟。不是谁都可以随随便便开自己玩笑的，只有开得起玩笑的人，才敢拿自己开玩笑。换句话说，自嘲需要胸襟和勇气。拿得起、放得下的人，才敢于拿自己开涮。勇于自嘲的人往往内心强大，以至于不怕“露馅”“露怯”“露丑”。自嘲有时是宣誓尊严，善于自嘲的人，往往绵里藏针、软中带硬。自嘲背后折射出来的是一种乐观豁达的处世态度。

自嘲是一种能力，也是一种智慧。不是何时何地都可以自我解嘲的，得择时择机、择人择事而为，需要一种高情商来拿捏和驾驭。善于自嘲的人，得具备灵动善融的能力，能随机应变、见机行事；得具备诙谐幽默的能力，插科打诨、妙语连珠；得具备气场掌控的能力，收放自如、张弛有度。

自嘲，堪称生活的“调味品”和“润滑剂”，自嘲不仅仅是一种幽默和纾解，还是一种交往方式和处世哲学。适当的自嘲，既能艺术地展示自我，又能策略地保护自我。它可以有效地缓解气氛、化解尴尬、纾解压力、调节情绪。领导者用自嘲可以放下身段，增添亲和力与感召力；寻常人凭自嘲可以自娱自乐、苦中作乐，持守生活的淡定和从容。一句“热闹的马路不长草，聪明的脑袋不长毛”，给自嘲贴上了睿智的标签。自嘲有时也是一种低调的自夸。

自嘲可用，但自贬不可取。可以拿自己开玩笑，但不可以拿自己不当回事。自贬，就是不拿自己当回事，是自嘲的一种扭曲和变形，是一种精神上的自残，其实是在糟践自己。而一个连自己都瞧不起自己的人，也就别奢望被别人瞧得起了。自嘲不自贬，好比是脱掉外衣但还穿着短裤，暴露一下自己但保留一份尊严。

52 · 彰显自我当有度

我们正处在一个彰显自我、张扬个性的时代。在一些人的人生字典里，写满了自我设计、自我奋斗和自我实现的主题词；在他们工作、学习和生活的轨迹里，标满了自我夸张、放飞个性的关键词。应该说，彰显自我较之过去是一种进步。曾几何时，人们迷失了自我，耻于或者惧怕谈自我。于是乎，自我被淹没在了茫茫人海里，甚至连穿衣戴帽都“大一统”，一片“灰蓝色”，满眼“中山装”，人们似乎都是一个模子里刻出来的，千人一面，缺少了个性，缺失了人性。若真有区分的话，要么“高大全”，不食人间烟火；要么“标签脸”“一看就是坏人”。

然而，当人们渐渐走出自我迷失的“雾霾天”后，似乎又有些矫枉过正，走进了自我膨胀的“阴雨天”。不少人以尊重自我为由放大自我，以实现自我为由标榜自我，以崇尚自我为由膨胀自我，一味地设计起“自我成长”的路线图，于是乎，在不同程度上又让自我走入了另一个“窄胡同”乃至“死胡同”。一些人从狭隘的自我出发，变得自私自利、利欲熏心，变得自以为是、自高自大。很多场合或很多时候，他们取得一点成绩，便把功劳全记在自己头上；有了一点进步，则满口都是自己多么劳苦功高；面对鲜花和掌声时，他们更是飘飘然，忘乎所以。此时，“我”的眼里已经没有了他人，看不见团队和集体，更少了群众和组织，充其量嘴上不痛不痒来句“感谢我的父母和家人”云云。

彰显自我无可厚非，表现自我无可指责。没有自我这一个体的良好发育，哪来社会群体的健康发展？自我意识的自觉和自省，是社会走向文明开放的晴雨表，也是社会多元、包容和成熟的温度计。一棵树上的每一片树叶都是不一样的。彰显自我、实现自我实质上是张扬人的个性、挖掘人的潜质的必然选择和必经之路。社会应当鼓励承认自我、塑造自我和打造自我，更应该鼓励不断完善自我、战胜自我和超越自我。

彰显自我当有度。张扬自我可以，但放大自我不可取。放大自我便是放纵自己，让自我如脱缰的野马一路狂飙；放大自我便是放弃自己，是自以为是的起点、故步自封的开端。惯于以自我为中心的人，注定成不了别人的中心；惯于心中只有“小我”的人，必定是一个缺失大格局、缺乏大境界、缺少大情怀的人，也必定走不远、行不稳、飞不高。

彰显自我但不放大自我，才不会被茫茫人海所淹没，也不会被滔滔欲望所吞噬。

53 · 做好人生的选择题

人的一生，有些东西与生俱来、难以改变，有些东西则可以自主选择、自我把握。选择对了、把握住了，则人生没有虚度，相反就可能枉度一生，不可不慎。针对一些人的思想纠结，我们应做好这样四道人生“选择题”。

不图“背景”，得有辛苦勤劳的“背影”。有的人总盼望能有点“背景”，背靠大树走捷径。于是千方百计攀高枝，千辛万苦抱大腿，削尖脑袋进圈子，有的甚至丧失人格和尊严，甘当门客与

“家臣”。他们或许会得利于一事、得势于一时、得逞于一阵，最终“背景”都会成过眼烟云，靠山甚至可能成危险的“火山”，有的因此摔得很难看。俗言“英雄不问出处”“自古英雄多磨难，从来纨绔少伟男”，多少有成就的人都出身寒门，但他们平凡而不平庸，草根而不“草包”。其中的关键就在于，是选择奋斗还是选择享受，是找“背景”还是留下辛苦的“背影”，能不能吃苦受累、自强不息。

不在乎奇迹，得有奋斗向上的轨迹。人生好比一场长跑，有的人能创造奇迹，不断跑出新的纪录，更多的人则只能一步一个脚印地跑完全程。但不管怎样的人生，都应该有自己清晰的成长成才路径，不能浑浑噩噩、模糊不清。现实中，一些人似乎既不奢求、不贪图有什么奇迹出现，又不去追求有意义有价值的人生，而是得过且过，做一天和尚撞一天钟，行尸走肉沉湎于纸醉金迷、吃喝玩乐。回过头看，人生一路走来的脚印错乱不堪，或模糊不清，出不了彩、留不下风景。人生可以没有跳跃式的奇迹出现，但一定要过得有模有样、有滋有味、有声有色，干一件事成一件事、做一样东西像一样东西，走出一道不错的人生轨迹。

不可“出事”，得有可堪回味的故事。对于每个人来说，人生之舟经不起事故的颠簸，任何事故都有可能在瞬间让自己的人生拐弯和转向，特别是大的事故可能就此逆转甚至葬送人生前程。我们要避免事故，但得有这样那样的故事发生，没有故事的人生平淡无奇，过于沉寂，像一潭死水荡不起涟漪。有故事的人生充满意趣，有故事的人有内涵、有厚重感，越有故事的人越沉静简单、从容不迫。当然，故事如果处理不好，也许会演变成事故，在一定意义上讲，故事就是没有变成事故的事。事故不堪回放，故事可堪回味。美好生动的故事是人生的一笔宝贵财富。

不慕权力，得有正向影响力。权力是把双刃剑，用得好则造福于人，也为自己的人生增光添彩，用不好则既害人害己，又误事坏事。同时，握有权力，就会面临各种各样的捧杀、诱惑、陷阱和“围猎”。贪图权力，为无权或权力小一点纠结、伤神，而不及时修养心性，以致德不配位，很容易腐化堕落。“人可一生不仕，不可一日无德”，思想道德的影响力是持久而深远的。我们最应该做的，是不慕权力，而去思考如何活得有影响力，从思想观点上、道德品行上、人格魅力上立身，方能成就人生价值。

人要过得精彩，活出价值，就得好好思考什么可以有、什么可以没有，不该有的不强求、不折腾、不贪图，该有的不缺位、不缺席、不缺失，这样的人生才丰富多彩。

54·扣好人生的每一粒扣子

有人说，人生好比穿衣服，要想穿戴整齐、美观好看，扣子得扣好。人生总有那么些关键处、转折点、紧要时和危险地，把这些“扣子”扣准、扣紧、扣牢和扣踏实了，才叫扣好了人生的每一粒扣子，才能让人生之路行稳致远。

扣好人生起步开局的第一粒扣子。青春洋溢、风华正茂之时，正是人生之路起步的关键处，这个阶段得打好基础、抓好养成。现在社会上、校园里，还是有那么一些年轻人总感觉茫然困惑，对自己的人生之路“往哪走”“怎么走”胸中无数、心里没谱，更有甚者还贪图享乐、空虚无聊，游戏人生、虚掷光阴。人生是单行道，起步错了难免绕弯路、走远路。上好人生的第一课，确立好人生的起跑线、基准线，才能让起跑成为起飞的开始。

扣好人生失意失落这粒转折的扣子。人的一生，常常会碰到这样那样的挫折、不顺和打击。这些年，个别所谓“高官”，其贪腐之路越走越远、越陷越深，正是从最初的期望受挫、政治上失意开始，逐步失去志向、失去信仰，最后难以回头的。人可以被击败，但不可以被击倒。当一个人碰到困难、失败和过不去的坎时，只要精神不滑坡，办法总比困难多。在痛苦与焦虑中，说不定正蕴藏着人生的华丽转身、精彩转型。

扣好人生得志得意这粒紧要的扣子。人生最容易迷失自我的时候，往往是得志得意、平步青云的时候，很容易变得飘飘然、昏昏然，沾沾自喜、骄傲自满，甚至自以为是、刚愎自用。成功的人生，其实一直在做两件事，一是在失败中站起来；二是从成功中走出来。扣好得志得意这粒扣子，就是要在成绩面前看到不足，在成功面前看到差距，始终保持谦虚谨慎、戒骄戒躁的警觉和自觉，才不会“平流无石处，闻说有沉沦”。

扣好人生“降落”“着陆”这粒危险的扣子。有一种“59岁现象”，说的正是当一个人临近离退休时，容易产生歇一歇甚至最后“捞一把”的心理，没能保持住晚节。电视专题片《永远在路上》中有一段白恩培的反省画面，他说自己“副部级以上都二十多年了，正部级岗位上也十多年，没想到老了老了，放松了对自己的要求”。人应当退休不褪色、离岗不离队、放松不放纵，给自己的人生画一个漂亮的句号，交一份满意的答卷。

人生这件“衣服”要扣的扣子很多，但这“四粒扣子”至关重要，它是人生处于关键处、转折点、紧要时和危险地的把握，关系到人生整件衣服是扣歪、扣松，还是扣正、扣紧，务必慎之又慎。

55 · 堵住人生的『管涌』

在堤坝渗水严重时，细沙随水带出，形成孔穴而集中涌水，即为“管涌”，这会引起堤坝下陷，出现溃口，使洪水泛滥。人生的堤坝，细想来，以下“四关”倘若不能及时堵住，就可能导致“管涌”和溃口。

一是焦虑关。眼下，一些人似乎有一种焦虑情绪，急着出名、急着赚钱、急着升官。有的搞五花八门的“抢镜”“出位”和“炒作”，有的“一年没提拔、心里有想法，三年没挪动、急着去活动”。有人说：“也许最后杀死你的，不是致命的病毒，而是你总要跑过时间的心急，因为没有人能够打败时间。”人生短暂，当然要只争朝夕，但成败绝不只看朝夕，有些事情只能慢慢来，如俗言“心急吃不了热豆腐”“一口吃不成胖子”。这就好比，故宫修复古建筑和文物，绝不能一味催工期。工匠精神、绣花功夫的背后便是慢工出细活，它与焦虑无关。

二是倦怠关。有人说，现在人们普遍进入一个倦怠期，一些人常常把“烦死了”“没意思”“无所谓”挂在嘴上，提不起精神，鼓不起兴趣。有的人工作上很随意，对职业缺乏持久热情，兴奋期越来越短，三天打鱼两天晒网，动辄跳槽。有的生活上很随便，喜欢“宅”着，慵懒、散漫。倦怠是精气神的流失，会让人变得抑郁和冷漠，这是成长路上的绊脚石。奋斗的时代呼唤“撸起袖子加油干”，伟大梦想需要激情和热情的浇灌，让各种各样的倦怠远离我们，才会有朝气蓬勃、奋发有为的明天。

三是骄娇关。现在，“老虎屁股摸不得”的人不在少数，其折射出来的是一些人身上骄、娇二气越来越重。出了一点成绩便沾沾自喜、忘乎所以，有了一点贡献则评功摆好、自我吹嘘，变得飘飘然。一些人则吃不了苦、受不了罪、忍不了委屈、经不起挫折和失败，抗击打能力越来越弱。骄兵必败，娇贵必夭。骄、娇二气是惯出来的、宠出来的。如今不少人习惯生活在顺境中，听到的都是恭维声、吹捧话，自我意识膨胀，听到一点不同的意见、反对的声音、批评的话语，就反弹得厉害。人生好比赛场，要经得起嘘声的考验，扛得起喝倒彩的压力，不能只当“顺风耳”，得学会到大风大浪中去冲浪，到逼得自己没退路的环境中去搏杀，人生之树才会向着阳光健康顽强地生长。

四是人情关。首先是人情围猎关。有的人表面看无所求，平日里总是嘘寒问暖，需要时随叫随到，既不送礼也不给钱，不过实际上早已挖好了坑，布下了无形的陷阱。唯练就金刚不坏之身，方能经得住“不走钱”“热心肠”“烧冷灶”“做长线”的“隐公关”，经得起温水煮青蛙式的感情牌敲打。其次是人情冷暖关。不少人感叹现在人情味越来越淡了，过去逢年过节门庭若市的景象不见了，这本来应该是新气象，可在一些人心里很是失落，总感到“不舒服”“很难受”，在工作中提不起劲，不想不愿作为。能不能在平淡中坚守初心、坚持本真是大考验，也是大本事。

人生的“管涌”，就是关口、就是险情，堵住了人生的“管涌”，便能行稳致远。

56 · 聪明莫过『不聪明』

清代郑板桥有句传世名言叫“难得糊涂”，这实际上说的是一种境界和处世哲学。同样的道理，在不少事情上，也不要过于“聪明”，或自以为聪明，有时“不聪明”其实是最大的聪明。

曾被毛泽东称赞为“政治开展，经验亦多”的袁国平，是新四军政治工作的重要开拓者和领导人，在他的眼里，腐败是从公私不分、占公家便宜开始的。他在给侄子的信中写道：“或许有人要说我们是太不聪明了，然而世界上应该有一些像我们这样不聪明的人。”国学大师饶宗颐一生与书为伴，与诗为偶，终生求是、求真、求正，成了达古通今、学贯中西、享誉海内外的国学泰斗，然而他自己却说：我觉得我是个傻瓜，没人像我这样。一个自称“不聪明”，一个自喻为“傻瓜”，实则反映了聪明者的聪明之道，揭示了真正聪明的“密码”。

人的本能，都是追求聪明、向往聪明的。但在有些事情上，却需要一点“不聪明”的劲儿。这种“不聪明”，就是在原则问题上不变通、不通融，讲认真、守得住，有时就得认点死理儿，有点“一根筋”；在是非问题上不投机、不钻营，敢担当、有硬气；在价值追求上不追名逐利、不跟风起哄、不随波逐流、不心浮气躁，有定力、有风骨。

不过，现实中有些人似乎不太明白这个道理，硬“装聪明”的有之，“聪明”过头的亦有之。有的在公与私问题上，总喜欢占小便宜，打小算盘，贪一己私利；有的在是与非问题上，习惯于“装睡”“叫不醒”，爱打擦边球、走钢丝，说一些模棱两可的话，做一些似是而非的事，特别会察言观色、见风使舵，当骑墙派；有的在虚与实问题上，热衷于玩虚的、搞假的，尽干一些“云罩雾绕”“虚头巴脑”的事，表面文章做得漂亮，甚至阳奉阴违、欺上瞒下，做“两面人”，当“两面派”；有的在名与利问题上，“小脑瓜”转得飞快，“小动作”频频，还搞一些掩耳盗铃的事，等等。

“若要人不知，除非己莫为。”纸是包不住火的，那些自以为聪明的人，总觉得自己做一些事、搞一些名堂是天衣无缝、神不知鬼不觉的，有的则以为自己演技好，而且左右逢源，会有人“罩着”，出不了事。更有甚者看到周围或身边的人搞小聪明、耍小伎俩得了好处、占了便宜，甚至得势又得利，于是也跟着来。这些其实都是在自欺欺人，都得为自己表面“聪明”实则不聪明买单。这些年来，那些特别会“来事”和过于“聪明”的人，或被撕下面具，或自己掉入“坑”里，或占小便宜吃大亏，最终聪明反被聪明误，落个鸡飞蛋打、竹篮打水一场空的结局，不禁让人唏嘘。

聪明莫过“不聪明”，既是一种大智若愚、难得糊涂的处世哲学，更是做人做事做官的一种清醒和自觉。这里所谓的“不聪明”，实际上心里最清楚，在公与私、是与非、虚与实、名与利等问题上，自己的屁股应该坐在哪儿，什么是自己应该而且可以追求的，什么是自己不能也不必向往的，不唯上不唯书只唯实，不跟风不起哄守定力，不要奸不要滑有风骨，真正说老实话，办老实事，做老实人。这种“不聪明”是心中有数和心中有戒的“不聪明”，这种“不聪明”实乃最大的聪明。

57·做一股清流

时下，清流成了一个流行语，成为人们的一种向往。比如不久前，电视上《朗读者》《中国诗词大会》等几档节目“火”起来，受到大家热捧，“清流综艺”和“清流文化”成了观众追求的时尚。

文化如此，人生亦然。过清流般的生活，不失为人们的一种理想选择。然而，一些人的生活却过得混浊而灰暗。有的习惯于搞“假大空”那一套，特别会装，喜欢背“台词”，有的还入戏很深，成了“戏精”；有的热衷于走“虚浮夸”的路子，急功近利、心浮气躁，处处浮在表面，时时想走捷径；有的满足于过“庸懒散”的日子，表现出懈怠、疲沓的样子，工作往往干点“意思意思”，奉行“既不出风头，又不落后头”；有的甚至迷恋于“邪恶丑”的法则，搞厚黑学、行潜规则，拜码头、结圈子，等等。

清流生活，既是一种人生态度，也是一种人生价值。清代学者顾炎武说：“读书通大义，立志冠清流。”革命先驱李大钊赞叹：“社会上有一二清流学者，很得大众的信仰。”古往今来，做一股“清流”是不少人的价值追求，活出“清流”范儿的人也备受世人尊崇。从洁身自好、“出淤泥而不染”的周敦颐，到淡泊名利、留下“不要人夸颜色好，只留清气满乾坤”的王冕；从铁骨铮铮持正义、横刀立马的彭德怀，到毕生追求真理、“浑身是刺”的张爱萍，等等。这一股股清流，以它的清澈、洁净，汇入历史的大江大河，展示出绚丽夺目的画卷。

清流人生，是一种超然脱俗的气质。活出清流样子，就是活出一股清新之气，言行有格调，生活有品位，阳光干净、超然脱俗，身上散发出与众不同的魅力。活出清流样子，就是活出真实的自我，说真话、道真心、做真人，多一些率真、多一点坦诚，不掩饰、不矫情。活出清流样子，就是活出做人的骨气，肩膀硬、腰板直，有所坚守而不随波逐流。说到底，清流样子就是真善美的样子，就是做人清清爽爽、做事明明白白、做官干干净净的样子。

欲成清流之人，得正本清源。古人云："源洁流清。"做人的本源，就是做人的本色、本真和本来。一个人的身份、岗位、职务和财富可以变，但做人的本色不能变、本真不能丢、本来不能忘。多问问初心是什么、初衷在哪里，多看看当初的模样是什么、如今变得怎么样，偏了则纠一纠，歪了则正一正。源头清，人生这潭"池水"自然也就清澈了。

欲成清流之人，得胸怀大志。有大目标和大志向的人，总是不会被路边的碎石绊倒。胸有鸿鹄之志，便有过清流生活、活出清流样子的勇气和毅力，有远大志向在鼓舞，生命就会翩翩起舞。要想活出清流样子，内心还要有强大的定力和自制力，不以物喜，不以己悲，耐得住寂寞，挡得住诱惑，守得住清贫，坐得住冷板凳，不生活在别人的阴影里，朝着既定的方向砥砺前行。人不一定过得富贵，但一定要活得高贵，保持一份清高，守住一份气节，便能活出清流样子。

莲花，以其高洁品质让世人“独爱”。清流如莲，清流之人以其真善美的品格而被世人称羡，更让自己行稳致远。

58·耐心成就人生之美

现在不少人感觉到，焦虑、着急和不耐烦仿佛成了一些人的常见病，干什么事都显得急不可耐，总是等不得、坐不住、慢不了和静不下。

比如，有的人看到他人成名成功了，一下子会乱了自己的方寸、节奏和步伐，变得焦躁不安、心慌意乱；有的人看到他人被提拔重用了，顿时沉不住气，“两年没提拔，心里有想法；三年没挪动，四处去活动”，千方百计走捷径；有的人则经不起一点怠慢和挫折，绕不得一点弯路和曲折，不愿也不舍得花更多时间做那些默默无闻、精雕细琢的事，恨不得一蹴而就，早日“梦想成真”；还有的人甚至变得有话不好好说，遇事不好好商量，碰到点问题动辄“一急二躁三冒火”，等等。一言以蔽之，没耐心。

耐心就是不急躁、不厌烦，它既是一种性格，也是一种品格，是“高尚的秉性”，能够成就事业，更能成就人生。

耐心成就成功之美。在某种意义上说，耐心是成功的“通行证”。在人生的征途上，哪有一帆风顺？总会遭遇挫折，有时还布满荆棘，如果没有耐心，不能坚持到底的话，则很难看到成功的模样。有位年轻人应聘给一位雕塑大师当助理，与其想象大相径庭的是，这位雕塑大师竟是一个整天孤独地埋头于工作室的老人。年轻人问他：如何能够寻找到一个要素，足以表达自己的一切？这位雕塑大师沉默片刻，然后极其严肃地说：应当工作，除了工作，还要有耐心。在某种意义上说，正是耐心成就了雕塑大师。“日日行，不怕千万里；常常做，不怕千万事”。很多时候，成大事不在于力量的大小，而在于能坚持多久，更在于你能否坚持到底。

耐心成就过程之美。耐心是一种积极的等待和良好的心态。《道德经》上说，静为躁君。《大学》里讲：“静而后能安，安而后能虑，虑而后能得。”丰子恺先生曾在《山中避雨》提到，同友人游山遇雨而仓皇奔走，友人不耐烦，但丰先生竟被“一种寂寥而深沉的趣味”牵引了感兴，“反觉得比晴天游山趣味更好”，遂借了把胡琴，信手而弹，一时把这苦雨荒山衬出了暖色。正是有了这份对世事的耐心，才能在细微末节间，得到人生真趣味。“心收静里寻真乐，眼放长空得大观。”心清才能看到万物的生长，心静才能听到万物的声音，而这份静美唯有耐心才可获得。在人生的旅途上，多一分耐心，就会多一些发现，多一重体验。

耐心成就意志之美。哲人说：“无论何人，若是失去了耐心，就失去了灵魂。”耐心考验人的毅力和定力。古往今来，滴水穿石也好、铁杵磨成针也罢，愚公移山也好、精卫填海也罢，难在耐心、贵在耐心、成也在耐心。俗话说，慢工出细活。我们做很多事情，往往要靠绣花功夫、工匠精神，而离开了耐心，这些都无从谈起。好的人生需要文火慢炖、细水长流，这也正是对人的意志品质的锤炼和塑造。

耐心是一种修养，需要修炼养成。耐心不够，或因心里想法太多、欲望太强，或因沉不住气、性子太急。少一点功利，多一份淡泊；少一点焦虑，多一份淡定；少一点杂念，多一份纯净；少一点喧嚣，多一份宁静。如此，方可保持一颗耐心，成就人生之美。

第三辑

人生卷首語

“做人做事做官”是人生主题下的重要话题。这些年来，围绕这个话题我写了一系列文章，诸如《做人做事做官“四十忌”与“四十悟”》《做人做事做官“二十大关系”》《做人做事做官“二十法”》和《为官从政“十题”》，反响不俗。其中，做人做事做官的“三十忌与三十悟”，在其他书中有收录，这里不再纳入，只把“新十忌与新十悟”及其他在这里做个完整呈现。

人活在世上，做人是终其一生的，做事是伴随一生的，而所谓做官只是一些人的职业选择，是一阵子的事，况且说到底，做官也只是一种做事。做人做事做官的逻辑关系，大体可以这么说：做人成功，做事不成功是暂时的；做人不成功，做事成功也是暂时的；而做人做事都成功，做官则可行稳致远。

59 · 做人做事做官『新十悟』

如何做人做事做官是“老生常谈”的话题，不断地悟，经常地想，则能“老话新说”“常说常新”。之前，笔者曾撰写过做人做事做官三十悟，微信微博竞相转发，备受鼓励。今再飨“新十悟”，共勉之、同践之。

一、正知、正念、正行是克己守正的“正能量”

人生一世，能不能行稳致远，而且留下个好

名声，说到底看他一生是不是走在正道、大道上，是不是走得正、行得端，是不是正直、正派。俗话说：站不端正的蜡烛，必然泪多命短。那么，怎样才能守住内心和骨子里的这份正，取决于言行举止有没有正知、正念和正行。

正知就是正确的认知，是对人和事物正确的看法和判断。一个人对事物认知的正确与否直接影响和决定着一个人行动的正确与否。大凡人生路上，行得稳、走得远和飞得高的，皆因对事物发展的特点及其规律有正确的认识，对人生发展的方向及其路径有正确的认识，看得清、悟得透、想得深，能够透过现象看本质，透过个别看一般，特别是能落叶知秋、见微知著、窥斑见豹。正确的认知源于知识和经验，源于实践和生活，源于正确的思想方法和思维方式，而这一切取决于正确的学习、思考和总结。

正念就是正确的理念和观念、感受和意识。一个人的想法最要命的是不切实际、脱离实际，或过高或过空或过大，于是好高骛远、异想天开，更有甚者内心的念想囿于一己之利，基于一己之私，动“歪点子”，想“坏办法”，出“馊主意”，卑琐而渺小，念想一歪身子必斜。正念就是心正，说到底是一种明白和智慧，在面对各种各样的利益选择时，明白对错，懂得取舍。《礼记·大学》中说："物格而后知至，知至而后意诚，意诚而后心正，心正而后身修，身修而后家齐，家齐而后国治，国治而后天下平。"从中可以看出，正念来源于明白和智慧，而明白和智慧来源于不断的学习、思考和总结。正行就是高尚的德行和品行、正确的行为和行动。

正行是正知、正念和正见的结果，什么样的认知和念想会产生相应的德行。有人说，性格决定命运，德行决定人生。"君子以制数度，议德行。""德行谓人才堪任之优劣。"德行也就是正行。自古以来，德行是人的"命根子"。

从大的方向来看，未来的社会是秉持正知正念正行者的天下，社会的真正危机，不是金融危机或本领危机，而是道德与信仰危机，谁的福报越多，谁的正能量越大，谁的成功率则越高。

二、公平、公正、公道是世道人心的"好声音"

天下之事其难也易，其易也难，关键在于是否公；天下之人其繁也简，其简也繁，关键在于能否公。

说到公，得先说公平。古往今来，多少人和事“不患寡而患不均”，因为不均而社会撕裂、人群分裂，因为不均则“揭竿而起”、群起而攻。公莫过于公平合理、不偏不倚、不我不私。“天公平而无私，故美恶莫不覆；地公平而无私，故大小莫不载。”公平说易做难、知易行难，关键在于是不是、有没有“私”字作怪。公与私好比跷跷板的两头，公重则私轻，私重则公轻。有格局、情怀和境界的人，往往公私分明，而且把私看得轻，把公看得重，天平往公这一头倾斜，甚至公而忘私。只有那些没抱负、没头脑和没原则的人，才会公私不分，甚至假公济私。汉朝丞相陈平少年时在家乡分肉，他把难事易办，其秘诀就在于一个公字，大公无私、公而忘私。“平分”易，易在公平、公正、公道也。

如果说公平是对人对事的平等、一视同仁的话，那么公正则是一种“不偏私，正直”，它与正义、正当相关联。公正是一种价值判断，它依据一定的价值标准，而这个标准就是法律法规。三国时期，曹操有个“割发代首”的故事，说的是自己骑的马踏坏了一大片麦田，违反了自己立下的规定，于是要随行的官员给自己定罪，官员不敢，最后他自己割发代首。“公生明，廉生威。”曹操以自己的公正立了军规军纪，也树了自己的威信。公莫大于公正正直，不袒不护、不亲不疏。“故上者下之本也……上公正则下亦直矣。”“公道人情两是非，人情公道最难为。”公莫难于公道正派，出以公心、大公无私，公道待人、公允接物，“如是，则庶事理，公道立，奸邪塞，私权废矣”。

公莫过于公平、莫大于公正、莫难于公道，倘若都做到了，世道也就太平安宁了。

三、气场、气势、气度是凝心聚力的“大磁场”

气场是一个人散发出来的一种隐形力量，是对周围人施加或产生影响的一种作用力。气场是成功者的成功之术和成功之道。气场强的人能够掌控局面、驾驭局势，能够形成一个以我为主、随我而动的气势，能够像磁石一般吸引人、感召人和凝聚人。学会积聚自己的气场是真本事、硬功夫，也是一门大学问。人的气场从哪里来？一是从足够的自信中来。有自信的人未必有气场，但有气场的人必定很自信。一个连自己都不相信的人，凭什么让别人听他信他、跟他随他？自信者总能在人群中流光溢彩，获得他人的认同，赢得众人的欣赏。二是从足够的能力中来。气场强并不是比谁的嗓门大、调门高，更不是比谁会发脾气、敢耍横，似乎声色俱厉、口大气粗就是有气场。气场强的人，往往有过人的交流沟通力、灵动善融力和组织协调力。气场强的人，常常不怒而威、不言而慑。

气场强的人有一种气势，这种气势表现在气质上，往往一出场、一出现或一亮相便让人眼睛一亮、心头一热和精神一振；表现在气概上，往往镇得住场面、稳得住阵脚，能压倒一切困难而不被困难所压倒，征服一切险阻而不被险阻所征服。大事来临有静气，大场面上有定力，大难面前有主见，淡定从容、稳健厚重，特别是在关键时、紧要处能转危为安、化险为夷，有一种气吞山河、舍我其谁的英雄气概。一个整天疲疲沓沓、软弱无力，萎靡不振、无所用心，瞻前顾后、患得患失，优柔寡断、不敢担当的人是与气势无缘的。

气场强的人还往往表现出一种气度。气度是一种从容不迫的气派，一种雍容大度的气量。气度决定一个人的高度。

俗话说："将军额上能跑马，宰相肚里能撑船。"气度说到底是一种胸襟、胸怀，是一个人包容世界的能力和对人与事的态度。既得所当得，又舍所当舍，是明白人；既能赢得起，又能输得起，是大肚人。做人可以不"大肚"，但一定要大度。气度大的人遇麻烦事不埋怨、不指责，遇委屈事不抱怨、不灰心，遇吃亏事不斤斤计较、不随意发脾气。忍耐是他的性格，克制是他的修养。不随便与人争高下，不轻易与人论优劣，如大海一般容纳百川，似天空一样浩瀚无垠。一个自私自利、小家子气的人与气度无关。人需要魅力，有气场、气势、气度的人便是一个有魅力的人。

四、慧眼、慧心、慧根是高人一筹的"硬功夫"

如果说人与人最大的差别是什么、在哪里的话，从一定意义上讲，聪明不聪明是最主要的。不过，聪明也有大聪明、小聪明，真聪明、假聪明之别，真正的大聪明才让一个人高人一筹、脱颖而出。人的聪明劲从哪里来？当然从学习和实践中来，这是最根本的。离开了经常的、反复的、深入的学习和实践，即使一时聪明，也不可能永远聪明；即使开始聪明，也很难保证后面仍然聪明；即使在这件事上聪明，也很难说在其他事上也聪明。聪明的人总是用别人的智慧填补自己的大脑，愚蠢的人总是用别人的智慧干扰自己的情绪。不聪明时就去学习与实践，向书本学、向他人学、向实践学，在学习与实践中去总结、去提高、去升华，使自己变得越来越聪明。而能不能变聪明，这恐怕取决于一个人的慧眼、慧心和慧根的好坏多少了。

首先得练就一双慧眼。为什么有的人常常“有眼不识泰山”，或总是“不识庐山真面目”？为什么同样的事情，他看得到我却看不到？他能看到“三步”外的全局和长远，我只能看到“一步”内的局部和眼前？原因在于缺一双“一眼识破天机”的慧眼。千里马常有，伯乐不常有，就在于伯乐独具慧眼，察人之所未察、识人之所未识，靠的是一双千里眼，靠的是独到的眼力和眼光。慧眼不是人人都有的，但是可以学着去练就。要学会站在高高的、静静的和较远的地方去看，用联系的、发展的、历史的眼光去看，具备懂得看海平面“桅杆”的本事。真正的聪明，能够正确预见事情的结果。

慧眼来自有没有慧心，也就是有没有一颗聪慧的心思和心智。“器不假妙瞽而良，籥不因慧心而调。”俗话说：慧心未泯。人之可贵在于虽然经过岁月的洗练，但内心深处的良知、智慧并未消失。有人说，识人不是靠眼，而是靠心。有时眼力再好，也有走眼的时候，要相信慧眼，但也不可迷信慧眼，有时还得靠慧心。

慧心是一种灵性，它源于人的慧根。通常情形下，那些爱静静沉思的人，往往善于透过现象看本质，一下子能抓住事物的要害和本质，这种洞察力、穿透力便是人的慧根。慧根像蜘蛛网，能粘住所有飞过的小昆虫。观察少量事物，能以小见大、推而广之，能触类旁通、由此及彼；观察大量事物，能从不同事物中发现共性的东西，这就是慧根了，它说到底就是一种很强的领悟力和感知力。慧眼、慧心、慧根三者皆备，则能高人一筹、鹤立鸡群。

五、知责、履责、尽责是有为有位的“驱动力”

干事情，责任是第一位的。干成事情，责任心是最关键的。为什么有的人做了一辈子事情，却始终做不了行家里手、成不了气候？为什么有的人表面看在干事情，却总给人不在状态的感觉，既无心又无力？为什么有的人事经他办不放心、文过他手不踏实，让人左右不信任？这其中除了能力的原因以外，责任缺位、责任心缺失是最主要的。责任在肩则心生自觉，责任在胸则变“要我做”为“我要做”。

责任能不能到位，首先得心里清楚责任是什么、在哪里，这叫知责明责，这是前提和条件。一个不清楚责任范围和边界的人，守责担责无从谈起。知责说到底就是一种角色意识。我是谁、从哪来？我是干什么的、能干什么、该干什么？只有知责方能履责担责。然而，现实中有些人或不知责，迷迷糊糊、浑浑噩噩；或知半责、半知责，处在一种“浅睡”“半睡”，甚至“装睡”状态。不知责就会轻飘飘，无所用心，甚至无所事事。

人的价值是在担责履责中实现的。歌德曾经说：“尽力履行你的职责，那你就会立刻知道你的价值。”现实中，有的人往往找种种理由和借口不作为、慢作为，甚至乱作为、胡作为，让自己的人生一钱不值，说白了这是浪费生命，无异于自杀。责任重于泰山。人在履责的过程中，也有一个真履假履、多履少履、全履半履的问题。有的人出工不出力、坐诊不号脉、挂帅不出征、倒脚不射门，或者做一天和尚撞一天钟；有的人则把工作仅仅当作职业，甚至副业来看待，身在曹营心在汉，等等。这都是“半履”“少履”，甚至“假履”。竭尽全力去做工作，不偷懒、不分心、不打折，这才是尽责。只有真正视工作如事业、如生命的人，才会全心全意、全力以赴地履责尽责，这是一种境界、格局和担当。

成功的秘诀或许就在于：知道自己在做什么事；喜欢自己所做的事；相信自己所做的事。既有知责、履责、尽责之心，又有知责、履责、尽责之力，想干事、能干事和干成事也就水到渠成、顺理成章了。

六、共商、共建、共赢是谋篇布局的“百宝箱”

我们工作和生活在一个多元化的环境里，多元的文化、多元的思想和多元的诉求使得工作难度大、矛盾多。“众人同心，其利断金。”勠力同心去做事，最重要的是寻找最大公约数，凝聚起共同的力量，凝聚这种力量的办法在哪里？首先得靠“有事商量着办”。“三个臭皮匠，赛过一个诸葛亮。”无论大事小事难事易事，只要多听意见，多坐在一起商量，总会找到解决问题的办法。可是，有的人遇事做决策习惯于一个人在那里拍脑袋，关起门来苦思冥想，甚至独断专行、刚愎自用、一意孤行，主见变成了主观，执着变成了固执，结果成了决策时拍脑袋、失策时拍大腿。俗话说，百密一疏。共商可以聚智，集思广益方可达成共识。

“众人拾柴火焰高。”在取得共识之后，就得靠撸起袖子一块加油干，这更是关键。一个人的本事再大、能力再强，少了他人的帮衬或团队、集体的合力，也同样寸步难行，一事无成。心往一处想、劲往一处使，便会创造出一加一大于二的效应。相互补台好戏一台，相互拆台共同垮台。一个好的团队应该是你落下我帮你捡起、你忘记我给你提醒，齐心协力、众志成城。

共建的动力从哪里来？从本质上来说，当然来自共同的理想、目标和价值追求。“道不同，不相为谋。”然而，有时共同的利益也能把人与人拴在一起、维系在一块，这就是共享、共荣和共赢。凡事不可“吃独食”，有利不可独吞、有福不可独享，否则会挫伤大家一起干事的积极性，就会失去人心。蛋糕做大了，应该是“见者有份”，有福同享、有利同沾，只有让大家都得到好处、看到希望，才奠定了大家一起干事的基础。

七、好读书、读好书、善读书是心明眼亮的“美容院”

“书籍是人类进步的阶梯。”“天地间第一人品，还是读书。”“积财千万，无过读书。”古往今来，多少读书的道理让人豁然开朗、醍醐灌顶，多少人一生与书为伴，在书海里泛舟，到书山上跋涉，从中增长知识、寻找真理、净化灵魂、陶冶性情、体味人生和感受乐趣，正所谓看的是书，读的却是世界。毛泽东曾说：“饭可以一日不吃，觉可以一日不睡，书不可以一日不读。”宋代黄庭坚说：“士大夫三日不读书，则义理不交于胸中，对镜觉面目可憎，向人亦语言无味。”对有的人来说，漂亮俊朗的容颜固然可以让人眼睛一亮，但是坚持读书，让自己有丰实的内涵，才能够让人经久不忘；对很多人来说，“人离开了书，如同离开空气一样不能生活”，读书应该是一种生活习惯和生存方式。

然而，读什么书，怎样读书？并非人人能深谙其中的门道，一些人似懂非懂、似是而非。有的人热衷于读死书、坏书、歪书和邪书，结果中毒中邪；有的人停留在死读书上，不会“跳”出书本来读，也不会把无字书与有字书搁在一起读，结果把书读死了，读出了一个脱离实际、不会活学活用“百无一用”的书呆子；还有的人习惯于乱读书、零敲碎打、支离破碎或无所用心地读，结果把书读浅了、读薄了，读出个“半桶水”，等等。

读书要读好书，“读过一本好书，像交了一个益友”，然而，“不好的书也像不好的朋友一样，可能会把你戕害”。所以，“凡读无益之书，皆是玩物丧志”。简单地说，引导人追求真善美、成为好人，给人正能量、成为有用有益有价值的人的书就是好书。读好书，还得有好的方法。有哲人说：“世界上有许多好书，但这些书仅仅对那些会读它们的人才是好的。”于是，有的人倡导“不动笔墨不读书”；有的人鼓励“要掌握书，莫被书掌握；要为生而读，莫为读而生”；还有的人提出“读书要玩味”，等等。读书是一门艺术。“书犹药也，善读之可以医愚。”若不能善读，不但不能“治愚”，反而有可能“致愚”。

“书中自有颜如玉，书中自有黄金屋。”把书读好、读活，好读书、读好书，也就读出了书卷气、书香味，它既是人生的“加油站”，又是生命的“美容院”。

八、专心、专注、专业是功业圆满的“绣花功”

天下之事作于细，这种细致得靠专心致志、心无旁骛的意志力，靠精益求精、一丝不苟的工匠精神，靠久久为功、滴水穿石的绣花功夫。

专心、专注取决于心静，取决于有没有耐得住寂寞、挡得住诱惑、坐得住冷板凳的心境。在心浮气躁、急功近利的当下，人们很容易“开小差”，成“花脚猫”，很难聚神、聚心和聚力，事事显得很焦虑，处处搞得很着急，总是猴子屁股坐不住，常常“打一枪换一个地方”，蜻蜓点水、浅尝辄止。比如，为官从政的“两年没提拔心里有想法，三年没挪动四处去活动”；经商做买卖的渴望一夜暴富，推崇“马无夜草不肥，人无横财不富”；做学问搞文化的期盼一举成名、一步登天，突然间名扬天下，等等，都是急不可待、争先恐后的表现。

曾几何时，专心做事的人被讥讽为傻帽和迂腐，专注于工作和事业的人被说成不懂“人挪活，树挪死”，专业能力强的人被看成素质单一、不够全面、不是复合型人才，等等。这完全是误解、误读和误区。专心、专注精神的缺失，导致很多人专业素养缺乏、专业精神缺位、专业技能缺损，没有“几把刷子”，只能“急拿现用”。很多事情要干好，还得靠“专业人士”“专家”，让专业的人干专业的事。始终专心留意脚下并且从不盲目仰望山巅的人，才能登上更高的山峰。练就“绣花功”，成“一口清”“活字典”“一把抓”，便能成为职场上的“香饽饽”。特别是，现实中有的人一生只干一件事，有的人干一行爱一行，靠的就是内心的执着、坚定和耐心，靠的就是精细、精准和精确的功夫，靠的就是专心、专注和专一的劲儿。专一不是一辈子只喜欢做一件事，而是喜欢做一件事的时候一心一意。无论多么不重要的一件事，只要乐在其中，都会获益无穷。简单的事重复做，你就是专家；重复的事用心做，你就是赢家。倘若一生只干一件事，早晚会干成这一领域、这一行业的专家或行家里手。

九、寡欲、寡染、寡言是洁身自好的“救生圈”

清初思想家颜元说：“寡欲以清心，寡染以清身，寡言以清口。”古人说：“欲是焚身火，不遏可燎原。”从某种意义上说，世上最可怕的东西恐怕是人的欲望，它就像一个大黑洞，也好比是粉碎机。欲望太多、太强、太大，会让人心烦意乱，使人扭曲变形、失身变节。人所有的烦恼和苦痛都是因为欲望太盛、不知足惹来的。生活本不苦，苦的是欲望太多；人心本无累，累的是诱惑太重。正所谓：“人苦不知足，既得陇，复望蜀。”“无欲则刚。”尊严是和欲望成反比的，当你特别想得到一个东西时，就会变得低三下四；当你对一个东西没有欲念时，尊严就会拔地而起。因此，寡欲可以让人活得轻松、自在又有尊严，甚至还可以让人健康长寿，正所谓：“清新而寡欲，人之寿矣。”不要让心灵成为欲念深重的泥潭，而要让它成为清静自在的乐园。人生最好的状态是在散淡、平淡和清淡中去坚持和把握。

人如何才能做到寡欲呢？首先当然要意识到欲望多的危害和危险，懂得知畏知止；其次人还是要多去追求高品质的精神生活，使自己的精神世界丰富多彩起来，精神层面的东西多了，物质挤占的空间就小了；再次是人得学会管控好自己的欲望，这种管控就是节制。痛苦源于欲望，成功源于渴望。要想做生活的主人，就不能做欲望的奴隶，得学会掌握自己的欲望，而不是被自己的欲望所掌握。人最不能控制的莫过于节制欲望，能够不为七情六欲所惑，不为鲜花掌声所醉，不为身外之物所迷，练就金刚不坏之身，做明白人、明眼人。诚然，欲望难免或多或少会有，但千万不可太多太甚太强。“人心不足蛇吞象”，千万别被欲望的浊水淹没颠覆了人生之舟，千万别被欲望的潮水冲开理智的闸门。寡欲心自清，“清心可以寡欲”。清心寡欲是一种境界，也是一种修炼。

“人以群分，君子当慎所择。”人的一生，交什么友和怎么交友很重要。“益者三友，损者三友。友直，友谅，友多闻，益矣；友便辟，友善柔，友便佞，损矣。”交友当择善人而交，与良善者同行。既与“善人”交，又还得“善交”。这种“善交”就是寡染。有时掉进染缸里并不可怕，可怕的是在染缸里感觉良好。“近朱者赤，近墨者黑。”寡染则能“蓬生麻中，不扶自直”，则能“不染色、不变色、无杂色”。“君子之交淡如水，小人之交甘若醴。”人与人相处不妨多些“无声的联系”，让静静的守望、稳稳的守护和默默的守候成为一种常态，简简单单、清清爽爽，规规矩矩、正正当当，明明白白、干干净净，让自己的朋友圈“如入兰室”，清香扑鼻。

孔子曰：“君子欲讷于言而敏于行。”这里的“讷”是忍而少言。它告诉人们，话要慢慢说，要三思而后说，不要口无遮拦、信口开河，不然言多必失、祸从口出。口无遮拦并不能证明你直率，只能证明你修养不够。人长着一张嘴巴和两只耳朵，说明要多听少说。“吉人之辞寡，躁人之辞多。”“沉默是金。”说的都是这些道理。有时宁愿保持沉默让人看起来你像个傻子，也千万不要一开口就证明确实如此。聪明的人有长的耳朵和短的舌头。寡言不是不发声，而是谨言、慎言、善言。一个人说话要注意说三种话，一是有思考的话；二是有分寸的话；三是有选择的话。生命中有三件事会一去不返，即：时间、机会和说出去的话。话如水，覆水难收。一句话在你没说出口之前，你是它的主人；一旦说出了口，它就是你的主人。喜时之言多失言，怒时之言多失态，喜与怒时更要谨言慎行。当然，说话还得说真话、实话、心里话，说短话、管用的话，不要说空话、套话、大话、假话，不要滔滔不绝，让人生厌。生活中有一种小聪明，叫“从来不说大话”。水深不语，人稳不言，当言则言，意到言止，言简意赅，才会让话语更有质量和水平。

十、慎初、慎独、慎终是洁身自好的“紧箍咒”

慎，乃小心，谨也。人在很多事情、问题和关口上，都得讲究谨慎，说话也好，办事也罢，不谨慎小心则容易出差错，大则容易出乱子。一个懂得“慎”的人，不一定是“完人”；但一个不懂得“慎”的人，则一定是一个“瑕人”。那么，在哪些事情和关口上又尤其需要慎之又慎呢？

首先是慎初。慎初，就是戒慎于事情发生之初，把住“第一次”，守住“第一道防线”，扼住苗头。唐代陆贽说：“夫小者大之渐，微者著之萌，故君子慎初，圣人存戒。”“第一次”既是缺口，也是关口，是人的一道心理防线，一旦被打开或被突破，便会一泻千里，之后会变得麻木和无所谓。俗话说，早知现在何必当初，可见“当初”对现在及将来的影响。“千里之堤，毁于蚁穴”，任何事物都是由小到大，由浅入深，由量变到质变的。初始往往是微小不起眼的，或是不足为奇、微不足道的，因此慎初往往意味着慎微。慎微，也就是小事不小视，小恶而不为，从细节入手，从小事做起，一顿饭、一瓶酒、一盒茶，貌似小节，却会“温水煮青蛙”，日积月累毁了大节。不虑于微，始贻大患；不防于小，终累大德。

慎独，就是一人独处时也能操行自守，谨慎自律，通俗点说就是人前人后一个样、台上台下一个样、人见人不见一个样。汉代杨震面对故人王密的贿赂和“暮夜无知者”的说法，慨然回绝说：“天知，地知，我知，子知，何谓无知者！”以慎独成为自律的典范。慎独检验一个人的修养，考验一个人的定力和意志力，慎独以存志，志高方长远，长远方成事。

《诗经》中说：“靡不有初，鲜克有终。”老子在《道德经》中也说：“民之从事，常于几成而败之。慎终如始，则无败事。”人往往在即将大功告成时失败。快要成功的时候往往是最危险的时候。人生“降落”“着陆”时，容易思想“抛锚”、心理麻痹、行为“跑偏”，结果倒在成功前的“一米线”上，栽在“最后一公里”处，落个到头来竹篮打水一场空、功败垂成的结局。人生就像驾驶飞机，飞多高不是关键，关键是落地时一定要稳当。从一定意义上讲，有时“善始”相对容易做到，而“善终”则较难，关键在于能否一以贯之、一如既往地坚持。

60·做人做事做官『新十忌』

世上之事有可为、可不为、不可为之分，倘若分不清、辨不明，则迟早会误入歧途，走到岔道和邪路上去。这些年，不少人“眼看他起高楼，眼看他宴宾客，眼看他楼塌了”，瞬间人生急转直下、满盘皆输，让人大跌眼镜的有之，扼腕叹息的有之，感慨唏嘘的有之，反思醒悟的亦有之。此前，笔者曾撰写过做人做事做官“三十忌”，今再续“新十忌”，愿以此为镜，鉴之戒之。

一、戾气、痞气、匪气是人生餐桌的“地沟油”

戾气，乃暴戾之气。不少人感叹，当下社会戾气太重，恃强凌弱者有之,以大欺小者有之，特别是在互联网上，戾气氤氲，到处是喷子，经常听到骂声一片，打杀声不绝于耳。粗鄙撕咬着斯文，鲁莽冲撞着文明。一些人有话不能好好说、有事不能慢慢来，说话就上火，做事就斗气，信奉“拿拳头说话”“用拳脚摆平”，一言不合便破口大骂，一事不顺便拳脚相加，碰到一点事或一点矛盾便恼羞成怒、气急败坏，像个“炮仗”一点就着。戾气重的人常常心情暴躁，表现得比较残忍，做事行为比较狠，往往是杀气的“亲兄弟”，是冲动的“双胞胎”，常常让事态恶化、事情升级，变得不可收拾。如果一个人成不了心态的主人，则必然会沦为情绪的奴隶。戾气多半源于心态变形，似乎对什么人都不顺眼，对什么事都不顺心，变得愤愤不平。戾气是一股颓废之气、灰暗之气和污浊之气。

戾气重的人，身上沾染上一股子痞气和匪气，像个街头混混，玩世不恭是他们的表情，霸道蛮横是他们的做派，显摆嘚瑟是他们的习惯。痞气，通俗点说就是人们常说的吊儿郎当。有痞气的人说话往往满不在乎，一副无所谓的样子，有时还有一种“坏坏的”感觉。可怕的是，痞气在有的人眼里被看成是一种“酷酷的”味道，甚至还被认为是一种说不清、道不明的魅力。这是一种要不得的错觉。痞气绝不是个好东西，无法带来正能量，一颗阴暗的心永远都托不起一张灿烂的脸。人可以长得酷，但不可以装酷；可以清高，但不可以什么都不在乎、无所谓；可以有个性，甚至长得不好看，但不可以以丑为美。痞气就是在以丑为美、以坏为好。匪气更要不得。匪气不是真正的英雄气，也不是所谓的有血性。匪气是十足的江湖气，它往往带有很强的欺骗性，野性十足，让人不寒而栗。痞气、匪气尽显流氓之气，说到底就是一种邪气。

心不正则身必斜，身不正则影必歪。邪念在心，自然邪乎邪门，做人做事往往会下狠手、出狠招，干出伤天害理的事情来，如此，离出事、衰败和垮台也就不远了。

二、成见、偏见、迂见是封闭狭隘的“万花筒”

人有见解是好事，但见解如果是成见、偏见或迂见，则成了坏事。

成见在古代叫成心。《庄子 · 齐物论》中说：“夫随其成心而师之，谁独且无师乎？奚必知代而自取者有之？愚者与有焉。”在庄子看来，成心这种东西，不只是懂得一点事物交替规律并努力把握它的人会有，一般的人包括愚人也有。“成心，谓人心之所至，便有成见在胸中，牢不可破。”它是一个人对事物所抱有的固定不变的看法，是一种错误的固定思维，具有很强的思维牵引力。应该说，成见也是经验的一种，只不过它是错误的经验。人之所以常常犯错误，问题多半出在“先入为主”的成见上。心怀成见的人，看待人与事就好像戴着一副有色眼镜，失去了本来颜色和面目，结果贻笑大方。据说朱自清在《荷塘月色》中写到夜晚的蝉声，有人写信给他，说蝉在夜间是不会鸣叫的。为此，朱自清请教了昆虫学家，得到的答案是夜间也有蝉声，之后他又亲耳听到过，于是他感叹成见的危害，说：“它足以使我们无视新的不同的经验，或加以歪曲的解释。”抱有成见的人往往很固执，也很顽固，而且直接影响着人们对人与事做出客观、公正、合理的认知和判断。有哲人说过：“成见是先入为主的观点，包含着个人的偏爱，与担心、欲望、强烈的愿望、骄傲和希望紧密相关。除非我们抛弃成见，否则，我们就会不经研究就认为某人很坏，甚至还永远认为这个人很坏。”所以说，活在成见里是很可怕又很危险的状态，经常使人觉得自己不会有任何问题，只要有问题都是他人有问题。事物是在不断发展的，要抛弃成见，与成见告别，唯一的通途便是怀谦虚之心亲自去探索与实践，在事实面前纠正和改变成见。

如果说，“成见的问题在蒙蔽”，那么，“偏见的问题在偏颇”，偏见是百分之百的错误态度，包括身份偏见、种族偏见、性别偏见、地域偏见等。偏见，往往伴随着傲慢，带来歧视。成见是近视，偏见是短视，而迂见则是一种无视了。迂见是脱离实际、不切实际的谬见，它迂腐落后，陈旧不合时宜，拘泥于过去的行事准则，结果难免被时代所淘汰。

成见、偏见、迂见好比口臭，当它发生在别人身上时，你会感到它的可恶，而当它发生在自己身上时，你却毫无觉察。人得有主见不可有成见、有高见不可有偏见、有灼见不可有迂见，成见、偏见、迂见是自黑的“低级红”。

三、跟风、跟班、跟跑是人生大厦的“烂尾楼”

人生之路难免要“跟”着走，或跟一阵，或一直跟，但人还是要自己走路和走自己的路，跟着走是为了走得更稳更好。

然而，在跟着走的过程中，到底跟着什么走和怎么跟着走却很值得掂量，也很有些讲究。社会上有许多跟风现象，比如跟风炒股、跟风买房子、跟风选秀、跟风上学、跟风买各种各样的保健品，等等。国人似乎有跟风的习惯，喜欢随大流、刮风起哄，往往人云亦云，随波逐流。有的人是整天跟着感觉走，一半清醒一半醉，经常哄然而起，又哄然而散。表面上看，这是从众心理的一种反映，实则是缺乏主见、自我判断力丧失以及害怕创新的一种表现。领导者和跟风者的区别就在于创新，你的时间和生命有限，不要浪费和消耗在模仿别人这件事上。喜欢跟风的人难免会晕向，今天以为这个正确，明天又会觉得那个有道理，于是不断摇摆，经常出现各种各样的纠结，经常面对各种各样的选择和判断，结果左也不是右也不好，浪费了时间，错过了时机，甚至到最后一事无成。

跟班指的是旧时跟随在官员身边供使唤的人。曾几何时，有的人迷信朝中有人好做官，热衷于进圈子、攀高枝、找靠山、走后门，极尽巴结之能事，大行“认大哥”“拜把子”的江湖之道，成了跟班的“小兄弟”，甘当跟班的“家丁”“仆人”，唯“主子”马首是瞻，等等。毋庸讳言，跟班的人可能在一时一事上会得利，但也因此会摔得很难看。热衷并习惯于跟班的人，“主子”在时是哈巴狗，“主子”不在时是看门狗，“主子”没了时是落水狗。做人还是得有点清高和风骨，“吾爱吾师，吾更爱真理”，跟理不跟人才是正道、大道。人与人的关系要保持清清爽爽、干干净净、明明白白和规规矩矩，这才是安全之道，才能行稳致远。

跟跑是一个人成长路上的阶段性过程。然而，有的人习惯于一直跟跑，亦步亦趋，不愿、不敢也不会超越，表现得缺乏勇气和胆量，也表现得能力不足、实力不够。马拉松赛场上往往最后跑冠军的有变跟跑为并跑，最后成为领跑的过程。人生如赛场，要成长进步，就得实现从跟跑到并跑再到领跑的超越，如果只是一直跟跑，是跑不出“冠军”的，也是不会有大出息的。

四、自高、自大、自夸是朽木搭起的“登云梯”

人在对待自我的问题上，有很多不可有、不可多和不可为的东西，比如说，自贬自损、自轻自贱；又比如说，自负自满、自私自利；还比如说，自怨自艾、自暴自弃；再比如说，自高自大、自吹自擂，等等。有人说，当下是一个彰显自我、张扬个性的时代，人当充满自信，适度地表现自我，这应该说没有什么错，但切不能以尊重自我为由放大自我，以实现自我为幌标榜自我，以崇尚自我为名膨胀自我。人有两件事会被毁掉，即：迷失在别人的评价里和禁锢在自我的思维中。实践证明，有的人无法高飞，就在于把自我看得太重。

从现实来看，自高自大、自卖自夸的人的确不少。比如说，有的人经常把自己看得比别人高明、聪明，总有一种人不如我、自以为是的感觉，于是有的人会常常感叹自己生不逢时，埋怨机会不公、时运不佳；有的人则感叹风气不好，觉得“佼佼者常受抑，平平者常通达”，埋怨身边嫉贤妒能的人太多，感到愤愤不平；还有的感叹“天生我材”没有用，总是怀才不遇，埋怨平台太小、缺乏伯乐。又比如说，有的人把自己看得不可一世，取得一点成绩，好像完全都是“靠自己”，都是自己如何一点一点熬出来的，都是自己流了多少汗、吃了多少苦得来的，与“天时地利人和”没什么关系，充其量有时顶多顺便轻描淡写地感谢一下父母；还有的人经常口出狂言、目中无人、狂妄自大，天上地下唯我独尊，这些都是自高自大自夸的表现。

如果你足够优秀，那就不必肆意卖弄，除非你徒有虚名。自高、自大、自夸的人，眼里只有自我，视野狭窄、胸襟狭小，他们或坐井观天、画地为牢，或徒有虚名，靠自卖自夸来卖弄、掩饰和吹捧，让人反感，也让自己迷失。一个人把自己看得太高，就会被别人看低，人最大的危险莫过于忽视自己的缺点并高估自己的能力。由于总觉得自己这块“金子”没有发光，总感到自己被埋没了，于是不能正确地对待自己和他人，容易产生排斥、委屈等心理，结果会因为觉得自己没有得到正确对待而变得愤愤不平、消极消沉，最终滑入自怨自艾甚至自暴自弃的泥潭。

明末清初思想家顾炎武说：“人之为学，不可自小，又不可自大。”凡是自我吹嘘、自以为是的人，必定会变得飘飘然、昏昏然起来，最后变得面目全非、不可收拾。“虚骄自大者败之媒。”一个人如果顺着自高、自大、自夸的胡同走，就必然会进入杂草丛生的庭院。

五、小心眼、小伎俩、小家气是人生堤坝的“堰塞湖”

人得有格局、境界和胸怀，这样才能担大任、干大事、成大器。然而，格局是靠境界和胸怀撑大的，现实中一些人常常使小心眼、耍小伎俩、显小家子气，这是撑不大格局的。

小心眼就是气量小、心胸狭隘，当看到他人比自己好时，会眼红、心里不舒服、羡慕嫉妒恨；当碰到事情时，爱斤斤计较，会耿耿于怀、睚眦必报；当遇到问题时，喜欢一根筋，爱认死理，等等。做人要有心眼，不可缺心眼；要有好心眼，不可死心眼，更不可小心眼。心眼小的人，天地大不了，格局大不了。小心眼的人因为心眼针尖那么大，所以很难容言、容事与容人，看人看事也往往从门缝里瞧，往偏激里看，很难与人共事相处。小心眼说到底是把什么都看成是私有的，所以一般都小肚鸡肠，遇事爱往心里去，揪住不放，甚至记恨在心，疑心重重，是个没风度的人。人还是豁达点好，拿得起、放得下，看得透、想得开，而且该忘的忘得了。

小心眼不控制住就会成坏心眼，这样的人常爱玩小伎俩。小伎俩是一种手段和花招，这样的人常常动“小心思”、做“小动作”、打“小算盘”、耍“小聪明”。小伎俩是用来骗人和哄人的。使小伎俩的人玩的都是鸡鸣狗盗的小把戏，有时可能会骗人哄人于一时，得逞于一事，但终归会让人识破戳穿，而一旦被识破戳穿也就鸡飞蛋打，落个聪明反被聪明误。人还是堂堂正正点好，心底多些阳光，搞“阳谋”而不是在背后或私底下或见不得人的地方搞阴谋诡计。

小心眼也好，小伎俩也罢，都是“小儿科”，甚至下三滥上不了台面，也尽显一个人的小家子气。人之可怜之处无非有两条，即：一是求之不得；二是舍之不得。小家子气的人时时处处都舍之不得，尽显可怜之相。“易涨易落山溪水，易反易覆小人心。”小心眼、小伎俩、小家子气说白了就是小人心，这样的人不可交，也不可久交，更不可深交，他们遭人讨厌，到头来只能是众叛亲离、被人嫌弃。

六、应景、应时、应命是昙花一现的“信号弹”

在平时的工作、学习和生活中，我们都得面对许多事情，得学会应对各种新情况、新问题和新矛盾，有时得兵来将挡、水来土掩，有时得见招拆招、随机应变。应对考验着智商，应变检验着情商。然而，应对不应该是应付。应对是竭尽全力地付出，是真心实意积极主动地想办法、出对策，而应付则是敷衍了事地走走过场摆摆样子，是偷奸耍滑、消极作为。

在五花八门的应付中，应景、应时和应命是生灵活现的写照。现实中，有些人很喜欢做一些应景的事，什么“沿江路”“步行街”“大广场”，搞得漂漂亮亮、花里胡哨；什么“马路旁”“入口处”“主席台”，弄得花团锦簇、光鲜照人；什么“节假日”里走访慰问嘘寒问暖，上演“进门、送礼、拍照、走人”四部曲，做得有声有色、像模像样，甚至还出现过坐在树荫里的领导“顶高温慰问”站在烈日下的环卫工人，儿童节里幼儿园的孩子冒雨表演欢迎领导等应景的把戏。应景之作，说白了就是在作秀，纯粹是为了做给人看的，说到底是虚荣心、功利心在作怪。应景之作表面看是亮点，实际上很肤浅，是人为制造出来的泡沫，结果来也匆匆、去也匆匆。

应景往往或为跟风，或为装点，或为浮躁，而无论是哪一种，都注定是一时的，是应时的作品，就像“季节性”果蔬，季节一过就“下市”了。这些应景、应时的事情，又多半不是顺应事物发展的客观规律，而是出于“长官意志”“上面意见”，乃应命而为。听从“上面意见”是重要的，也是必需的，但听从、服从不等于盲从。倘若不管对错好坏、不分青红皂白，唯命是从，甚至明明知道不对还唯唯诺诺，不愿也不敢提出意见，这种“应命”而为的事多半有一天要吃后悔药。世上有两种人可悲且无药可救，一种是不服从命令的人，一种是唯命是从的人。不唯上，不唯书，只唯实，这是唯物论的真谛。

应景、应时、应命既是一种讨好卖乖，又是一种投机取巧；既是一种媚俗，又是一种迎合，做的是表面文章，使的是花拳绣腿。人还是老老实实、扎扎实实做事情好，不图虚名、不贪虚功，少锦上添花、多雪中送炭，少心浮气躁急功近利、多潜心钻研久久为功，不做或少做应景、应时、应命的事情。事实告诉我们，应景、应时、应命的人和事都是“急就章”，不是深思熟虑、文火慢炖出来的，因而也都是短命的，会随即化为美丽的泡影。

七、随便、随意、随心是自由散漫的“集散地”

人是要有约束和规矩的，即便是自由，也是相对的自由，是有约束、有纪律的自由。做人做事得有板有眼、有模有样，丁是丁、卯是卯。

然而，一段时间以来不少人确实随便惯了，随心所欲、随性而为的人随处可见，似乎爱咋咋地、想怎么着就怎么着，一些人是什么话随便说、什么饭随便吃、什么地方随便去、什么东西随便要、什么人随便交，等等，公私不分、是非不论、对错不讲、美丑不辨；有的人则视纪律为羁绊，把规矩当束缚，拿制度当摆设，“牛栏关猫进出自由”，“天马行空独来独往”；有的还美其名曰现在是个性解放的年代，就是应该随性点，干什么都循规蹈矩、太老实会吃亏，于是在一些“小节”上显得很随意，大大咧咧、我行我素，等等。随便的人是不认真、不严肃的，也是不负责任的。这种人说话办事常常不过脑、不走心，往往脱口而出、敷衍而过，倘若把事情交给这样的人去办，不出事才是怪事；而如果听信这种人随随便便说出来的话，不误事也是怪事。随便会给人带来伤害，也给自己带来麻烦。随便的人，只是在“打发”和挥霍自己的人生，最终虚掷光阴。

随便源于内心太过随意。随意就是任凭自己的意愿

“横冲直撞”和“拳打脚踢”。人的意愿总是朝着对自己有利和让自己舒服的方向使劲的，然而，世上哪有那么多好事都顺着你、依着你的意愿来。俗话说，没有规矩不成方圆。要么按规矩来，要么破了规矩照你的意愿走，前者平安无事，后者迟早出事。一些人就是在这些问题上处理不好，任由自己内心的意愿天马行空，一再滋长膨胀，最终跌跤摔跟头。

随便、随意、随心是一种十足的任性，这种人目空一切，既太过无所谓，把什么都不当回事，又太过无所畏，对什么都不在乎，结果总有一天会像脱缰的野马跑上不归路。人可以随和，但不可以随便，这叫作没架子但得有样子。人得自律，不可以随心所欲、恣意妄为，随心随意很可能是随心所欲、恣意妄为的开始，势必要为自己的人生付出沉重的代价。

八、凶横、蛮横、专横是匹夫之勇的“火药桶”

“横”有很多种含义，当它用到人身上时，便是厉害的意思。常听人说，“这个人很横”，或“你真横”，或“他经常耍横”，这其实在表明这个人很可怕。人当然还是不要让人觉得很可怕，可爱永远比可怕好。人应当和蔼，面善心好，有亲和力，有相容性，这样的人有一种温暖的力量，相比之下，那种横眉立目、一脸凶相的人只会让人远之畏之弃之。“横眉冷对千夫指，俯首甘为孺子牛。”鲁迅先生也“横”，但他是对恶人、敌人“横”，而他对普通民众却甘为孺子牛。我们有些人似乎不是这样，有的人对“权贵”堆满笑脸，极尽逢迎之能事，而对百姓颐指气使、飞扬跋扈，吹胡子瞪眼睛的有之；门难进、脸难看、话难说的有之；骂百姓为刁民，“通不通龙卷风”的亦有之。

“贼龛凶横，陵虐具区，阻兵安忍，凭灾怙乱。”凶横是没有修养、缺乏教养的表现，其内心不是善的而是恶的，不是美的而是丑的。凶横之人，既有外在的，又有内在的，也有“内外兼修”的。外在的凶狠龇牙咧嘴、满脸横肉，张牙舞爪、目露凶光，而内在的凶狠则心狠手辣、穷凶极恶。凶神恶煞的人，基本没有好下场，甚至众叛亲离。

蛮横则是既不占理，又不讲理，过去有一句话，叫作“秀才碰上兵，有理说不清”，说的就是碰上了不讲道理的那种蛮横而无可奈何。蛮横的人喜欢刁难和为难人，结果既为难人家，也为难自己。“钱财使人贪婪，美色使人沉溺，名声使人骄傲，权势使人专横。”专横的人表现出说一不二、一手遮天的霸气，习惯搞“一言堂”“家长制”。专横的人是一个以自我为中心的人，很难沟通，也很固执，听不进去别人的意见，独断专行是他的天性，刚愎自用是他的性格。

凶横、蛮横、专横既是人格上的缺陷，又是人品上的缺损，要不得、使不得，一旦沾染上，人生路上没有伴。

九、粗鲁、粗俗、粗野是灼伤自我的“雾霾天”

有一种涵养叫斯文，有一种修养叫彬彬有礼，有一种教养叫温文尔雅，这是千百年来积淀下来的一种文化。然而，这种涵养、修养和教养在一些人身上似乎在一点点地流失。

不知从什么时候起，一种粗鄙文化沉渣泛起，甚至在一些人中流行开来。一些人把粗鲁当豪爽，视粗俗为有趣，拿粗野当血性，好像不会说脏话就不是爷们儿，不爆几句粗口、不飚几句狂话，就不足以显示豪放和活力，结果有的人动辄言语爆粗、脏话连篇、斯文扫地；有的人行为鲁莽、“尺度”忒大、举止狂野，尽显匹夫之勇，等等。

这种说话直奔“脐下三寸”的现象是当下社会粗鄙文化的直接反映，也是血性观被扭曲的直接投射。

古往今来，粗鲁、粗俗一直是没有文化的一种表现。据说中国古代有一位近乎文盲的皇帝叫张献忠，连下圣旨都是粗话连篇，骂声不断，他曾给在汉中吃了败仗的部下刘进忠下圣旨，告诫其不要轻易发兵。然而那一纸粗鲁到家的圣旨，惹得刘进忠直接带着部队投降了清军，而且后来又帮助清军攻打张献忠。

粗野之可怕在于“野”，好像还没有进化似的，还停留在刀耕火种的野蛮时代。如果说，粗鲁、粗俗是文化缺失的表现，那么粗野则是文明缺失的折射。粗鲁、粗俗和粗野不代表“强悍”，也不意味着“有力量”“有胆儿”，而是做人格调低下和心理猥琐的反映，如果任其流行开来、泛滥起来，将是令人忧虑的精神污染，倘若还有人不以为耻、反以为荣，那更是一种堕落和悲哀。

我们呼唤粗犷，但不意味着拥抱粗鲁；需要通俗，但拒绝粗俗和庸俗；推崇血性，但反感野性。粗鲁、粗俗、粗野是由里到外的一种放纵和放肆，它在伤人的同时，必定还会伤到自己。

十、蛮干、盲干、乱干是一事无成的“下课铃”

大凡干事，有四种干法。一种叫作有心又有力地干，把工作当事业，甚至当生命，尽心尽力、尽职尽责，有所作为。另一种叫作心有余而力不足地干，虽积极主动、敬业投入，却能力不足、办法不多、本事不大和方法不对，结果无所作为。还有一种叫作力有余而心不足地干，不是一心一意、全心全意地干事，而是半心半意甚至虚情假意地干事，好比“大象屁股推不动”“猴子屁股坐不住”，或者像陀螺一样得抽着转，像算盘子一样得拨着动，出工不出力、坐诊不号脉、挂帅不出征，图个“干点意思意思、不干不够意思、干多没啥意思”，敷衍了事，消极作为。再有一种叫作无心又无力地干，完全在那吃闲饭，做稻草人、成泥菩萨，庸碌无为。后三种就是蛮干、盲干、乱干的表现。

一段时间以来，担当作为成了热议的话题,力不足是蛮干，心不足是盲干，力与心皆不足则是胡干、乱干。人得想干事、能干事和干成事，人生的价值和意义都是干出来的。

不干实际上最为愚蠢，一来是一种耻辱，二来是职业道德的失守，三来你不干总会有人干，这样你迟早要被替代、被边缘化。给任务就是给机会，给担子就是给成长，不干事的人生一点意思都没有。不过，有的人也在干，但他是在蛮干，往往不论条件、不讲方法，使的是蛮劲，出的是蛮招，不讲科学、只凭经验，这种蛮干有时或许能偶尔干成一、两件事，但终归干不好事。蛮干是一种硬干和傻干，只会事倍而功半。

也有一种人没有方向，没有目标，抓不住重点，突出不了主要矛盾，整天是眉毛胡子一把抓，鸡毛蒜皮一锅煮，天天都在说忙，而且看似也很忙，实则在瞎忙乎，这就是盲干。甚至，还有的人在乱干、胡干，这种人常常不管对错、不顾好坏、不论是非、不计后果，甚至越边界、踩底线、闯红灯，有的还以“洗碗多难免打碎碗”这种似是而非的谬论为自己找理由、寻开脱。胡乱干有时比蛮干、盲干甚至不干更可怕，它带来的危害和破坏也更大。胡乱干的人身上大多不干不净，有的以干事为幌暗度陈仓，有的以干事为名“既在河边走，又让湿湿鞋”，这种不干净的所谓的干早晚得出事，最终只会前功尽弃，落个白干。

做人做事做官是门大学问，有些事情得处理好内在的逻辑关系，拿捏好分寸、掌握好火候、控制好节奏和把握好时机，注意从事物的特点和规律出发，依规而办、循规而行，否则轻者会碰得一鼻子灰，重者会碰得头破血流，甚至落个“出师未捷身先死”。

一是“功成不必在我”与“功成必定有我”

“功成不必在我”是一种境界、胸襟和情怀，它折射出淡泊的名利观，体现出正确的政绩观，反映出一种甘于做铺垫性工作和甘于抓未成之事的宝贵精神和可贵心态。事业的成功未必就在我手中或我的任期里看到并实现，但一定要为它的实现而埋头苦干、接续奋斗，而且不问西东、不计得失。然而，不戚戚于轰轰烈烈的业绩，不耿耿于留下赫赫声名，并不是不担当、不作为，而是要有“功成必定有我”的使命和责任，既做显绩又做潜绩，既着力当前又着眼未来，干出为后人做铺垫、打基础和利长远的好事实事。“不必在我”可敬，“必定有我”可贵。

二是“仰望星空”与脚踏实地

“仰望星空”就是看全局、知未来，就是站得高、看得远、想得深。“不谋全局者不足以谋一域，不谋万事者不足以谋一时。”无论身处什么岗位，要想不迷失方向、行稳致远，就得经常多角度、多侧面地观察和分析问题，研究和把握事物运行之“形”、发展之“势”。窥一斑而知全豹，处一域而观全局，这既是一种站位、眼界和格局，又是一种思想方法和思维方式。然而，“仰望星空”不是要好高骛远，而是要不驰于空想，不骛于虚声，扎扎实实地从一点一滴做起、一件事一件事地落实，一步一个脚印地向前走。人就应当像“人”字那样，既永远向上，又双脚踏地。想，要壮志凌云；干，要脚踏实地。

三是只争朝夕与“不看朝夕”

“一万年太久，只争朝夕。”做事情得抓住机遇、争分夺秒，有一种时不我待、争先恐后的精气神。只争朝夕就是在最短的时间里完成，今天的事今日结，眼前的事马上办，这是一种好的作风，也是一种能力。人生短暂，很多事情等不得；机不可失，很多事情错不起，错过了便时不再来。然而，有些事情又不是朝夕间便能完成和实现的，不能以朝夕论英雄。俗话说“慢工出细活”，很多事情得有绣花功夫、工匠精神，有一种钉钉子的毅力、韧性和耐心，久久为功、持之以恒。毕其功于一役是心浮气躁、急功近利的表现。特别是有些事是不以一时一事论成败的，得静下心来，耐得住寂寞，坐得住冷板凳。只争朝夕折射出一种责任感、使命感和紧迫感，“不看朝夕”体现出一种耐心、韧劲和定力。

四是尽力而为与量力而行

在干事业的过程中，无论是制定目标还是确定任务，抑或是提出具体要求，出台政策措施，都应该是“跳起来摘桃子”，这就叫既尽力而为又量力而行。如果说，不需要跳起来，只需要轻轻松松踮踮脚尖就能摘到的桃子，这不叫尽力而为，而叫力有余心不足；如果说，摘跳起来都够不着的桃子，那不叫量力而行，而叫好高骛远、眼高手低，属于心有余力不足。尽力而为是胆识和气魄，量力而行是求真和求实。尽力而为需要一种积极主动、全力以赴，而且越是艰险越向前的勇气；量力而行则需要实事求是，一切从实际出发的科学态度和方法。饭得一口一口地吃，事得一件一件地办。我们需要尊重客观规律，讲究科学方法，不蛮干、不盲目、不透支，有多大能耐办多大事。尽力而为强调的是主观能动性，量力而行注重的是事物客观性。把尽力而为和量力而行结合好了，就能“跳起来摘桃子”了。

五是对上负责与对下负责

每一个从政为官的人，都面临着如何既对上级负责，又对百姓负责的问题。从本质上来讲，这两者是有机统一的整体。党的宗旨是全心全意为人民服务，上级制定政策、作出决策理应代表群众意愿，说话办事理应以人民群众满意不满意、高兴不高兴、拥护不拥护、答应不答应为根本准绳，从这个意义上讲，对上负责就是在对下负责。人民群众对美好生活的向往，就是我们的奋斗目标。人民公仆所做的一切都得以群众的期盼、意愿来说话办事，就得时刻有公仆意识，把群众表情作为心情、群众鼓励作为动力。所以，对下负责说到底就是在对上负责，没有哪个有百姓情怀的上级会愿意看到或听到老百姓怨声载道的。

六是“三把火”与“三盆水”

俗话说：新官上任三把火。上来就“烧火”是不少为官者的一种思维习惯和工作方式，也是一种路径依赖。总的来说，“烧火”没有什么坏处。只要是真正建立在深入调查研究和科学论证基础上的“火”，既可以点燃干部群众心中的热情和激情，也可以释放走马上任后自己内心那团火，只要掌握好“火候”“火势”和“火情”，“烧火”比不“烧火”利大于弊。但是，又不能一味地迷恋于“烧火”，甚至不顾“火势”“火情”，让其扩大蔓延，更不可放任周围那些“起哄”者跟着“纵火”，这种时候，还需要清醒、冷静和理性，得不失时机地浇几盆冷水。“浇水”实际上就是静下来思考、坐下来学习、慢下来踱“方步”。“三盆水”就是给过热的脑子浇盆水、给过急的心理浇盆水、给过高的胃口浇盆水，当鲜花簇拥、掌声响起时多一分淡定，当大干快上、匆忙赶路时多一分从容，当眼花缭乱、扑朔迷离时多一分宁静。既烧“三把火”，又浇“三盆水”，才能让自己从一开始就既豪情万丈、踌躇满志，又稳健沉着、外冷内热，老成持重而不老气横秋，干劲十足又韧劲彰显。

七是“谋新篇”与“念旧经”

谋求新业绩、力图新作为、展示新形象、再上新台阶，这是人之常情，也在道理之中。大凡一个有责任感、使命感和事业心、上进心的人，都渴望在自己的岗位上、任期里有一个新的创造和新的局面。于是，有的习惯于一上来就提诸多新口号、新理念，热衷于上新项目、铺新摊子，对以往的工作思路和计划不感兴趣，喜欢另起炉灶新开张；有的则对前任遗留的问题，更是避之唯恐不及，出现所谓“新官不理旧账”，等等。事物发展都有个继承和创新的问题。创新是一种扬弃，而不是抛弃。对过去好的思路与办法、经验与举措、传统与作风要继承与发展，对不好的东西要加以否定和舍弃，对好的东西要加以肯定和光大。政贵有恒，不能朝令夕改，否则会让人无所适从。“念旧经”就是要把以往符合实际的事情一件接着一件办，一年接着一年干，不“走神”、不“散光”，一张蓝图绘到底，驰而不息、久久为功。

八是过程与结果

没有过程，就没有结果；没有结果，过程就会打折扣，甚至没有价值和意义，这应该是很简单的道理。可现实中一些人只一味地追求结果，或只问结果而不管过程；而有的人只讲究过程，却不管结果。应该说，这两种态度都是错误甚至有害的。只问结果而不管过程的人，会让过程变得不可控，甚至走形变样，为了达到目的可以不择手段、不计成本；只讲过程而不管结果的人，则很有可能事倍功半、徒劳无功。俗话说：一分耕耘，一分收获。耕耘是过程，收获是结果。一般来说，过程与结果是成正比的，每一个结果都应该是过程的叠加和水到渠成，倘若达不到预期结果，说明过程有问题、有纰漏和有差错，就应该检查和反思哪个环节、哪个流程和哪个链条上出了毛病。有道是：过程决定成败。要想获得事业成功，取得实实在在的业绩，必须把功夫下在平常、日常和经常上，付出艰辛有时甚至是长期而痛苦的努力。要看到，过程是结果的必经，但结果未必是过程的必然，所以，重过程当大于重结果，而且以一种坦然、泰然面对结果的心态去把过程做细、做实和做完美。

九是举重若轻与举轻若重

事情有轻有重、有大有小、有主有次、有缓有急和有难有易，切不可眉毛胡子一把抓，更不可捡了芝麻丢了西瓜。倘若厘不清、辨不明，把本该举重若轻的事搞得烦琐复杂、小题大做，则劳民伤财；而对本该举轻若重的事不重视、不认真，甚至麻痹无所谓，则难免贻害。举重若轻与举轻若重既是战略问题，又是战术问题，是重要的认识论和方法论。举重若轻是一种大将风度，它展示出来的是一种大开大合、纵横捭阖的气度；举轻若重是一种务实作风，它展示出来的是一种事必躬亲、严谨细致的精神。两种态度和方法都应该有。有时候和有些事情要抓大放小、以大兼小，有时候和有些事情又要以小带大、小中见大，实现举重若轻与举轻若重有机结合。

十是“剑胆”与“琴心”

随着全面深化改革向纵深推进，有越来越多的“深水区”需要去闯、“无人区”需要去飞，有越来越多的“腊子口”“娄山关”和“雪山草地”需要去攻城拔寨、爬坡过坎。“无限风光在险峰。”在这种时候，特别需要大智大勇、能文能武的人去冲锋陷阵。“小榻琴心展，长缨剑胆舒。”“剑胆”是一种刚，“琴心”是一种柔，前者是胆识、勇气和果敢，后者是情致、儒雅和细腻。我们面临的不少事情，既要风风火火“闯九州”，又要春风化雨暖人心；既要看似“无情”决断，又要学会有情操作；既要有雷霆万钧的魄力，又要有和风细雨的耐心。为官从政不能只顾冲冲杀杀，甚至成为一介武夫，还应当能静下心来踱“方步”，多学习多思考，做有思想厚重感的人，做有情有义的人。

62·做人做事做官『新十大关系』

此前，笔者撰写的《做人做事做官“十大关系”》得到不少共鸣，文中阐释的一些路径和方法似可在实际中尝试和印证。受此鼓舞，再续新“十大关系”，以飨读者。

一是原则性和灵活性

坚持原则还是灵活变通，表面上看是一对矛盾，实际上是辩证统一的。做人做事做官必须立原则、守原则和讲原则。原则就是规矩、底线和边界，“没有规矩不成方圆”，凡事要先确定原则，没有原则就会随心所欲、无拘无束，到头来一塌糊涂、不可收拾。有原则很重要，遵守原则更为重要。原则不是“稻草人”，只是拿来吓唬人的；也不应该是纸糊的，没有约束力。原则一旦确定以后就必须严格遵守，它是不可逾越的，也是不可随意更改的。然而大原则不能变，小原则得有空间和余地，得符合实际、切合实际和贴近实际，有时还得随着实际情况的变化而调整变化。原则是死的，人是活的。常言道：将在外，军命有所不受，说的就是灵活变通的意思。在大的原则框架下的灵活，与在灵活把握下的原则，是不可或缺的有机整体。

二是调查与研究

调查与研究是为官从政的基本功和“家常饭”，但这项基本功在一些人身上还不够扎实，这顿“家常饭”有时吃得有些“偏食”。有的人只调查却不研究，花了很多时间、很大精力，调查来的第一手资料，往往被束之高阁，得不到很好的分析、梳理和“深加工”；而有的人则宅在大院里、躲在高楼里，甚至猫在宾馆里，坐等“来料加工”，根本不去一线、基层和现场“接地气”“摸活鱼”，研究出来的问题，得出来的判断和结论不沾“露珠”、不冒“热气”，没有“泥土味”，缺乏“芳草香”，有的甚至就是拍脑袋的产品。调查与研究的这种各自为政现象，使调查研究成了无用功和“夹生饭”。我们要经常去做深入细致的调查，特别是当自己感到困惑的时候，更应该迈开双腿，放下架子、扑下身子到群众中去，到实践和基层一线去，听真话、看真相、取真经；我们更应该对调查来的鲜活素材去粗取精、去伪存真，通过比较、反复，透过现象看本质、透过个别看一般。调查与研究两者不可偏废，更不可脱节。

三是读万卷书与行万里路

把读书作为一种生存方式和生活习惯，这应该是有百益而无一害的人生选择。但是，人可以“读书死”，却不可“死读书”，更不可“读死书”，得学会多读书、读好书和善读书。读书确实有一个读什么书和怎么读书的问题。有的人要么不读书，要么读死书，要么还读坏书。每一本好书都是一个崭新的世界，可谓开卷有益，要学会从中读出知识、见识、学识和胆识来。有字书是一个有趣的世界，无字书同样是一个充满神奇的世界。行万里路和交八方友，就是在读无字书，就是在实践中历练自己，有道是：所见所闻改变一生，不知不觉葬送一生。让“外面的世界”来丰富书本上的世界，一个人的天地才更加辽阔和宽广。

四是做“循吏”与当“能吏”

古往今来，吏大体有两种，一种是“循吏”，另一种是“能吏”。“循吏”就是做事按部就班、循规蹈矩，按流程、走程序，一步不少、一环不缺。干工作需要这样的“循吏”，他们大都明事理、懂规矩、重程序、守纪律，而且有板有眼、有模有样。然而，我们还需要大刀阔斧、开拓创新、勇于突破的“能吏”。“循吏”是可以成为“能吏”的，而“能吏”同时也可以是“循吏”。一个复合型、高素质的人才就应该既是合格的“循吏”，又是优秀的“能吏”，而且还同时是值得称道的“廉吏”，这才是时代所呼、事业所需的想干事、能干事、干成事又不出事的人。

五是“喊嗓子”与“做样子”

有道是：“喊破嗓子不如做出样子。”如果说针对那些只知道“喊嗓子”却不注重“做出样子”的人，而强调做样子的重要性的话，这是有道理的。但其实在工作中，“喊嗓子”同样重要。所谓“喊嗓子”，就是善于把心中的想法变成口中的说法，善于宣传、动员、说服和教育人，包括善于“用笔”来凝聚、统一人的思想，这是领导工作不可或缺的重要内容。现在有的不愿、也不会，甚至不敢“喊嗓子”，有的怕人家说自己“唱高调”，或只会耍嘴皮子，有的是怕说不好，人家不爱听，弄得自己尴尬，有的还怕“喊”得不好，惹火烧身，等等。眼下，愿喊、敢喊和会喊“嗓子”，敢于发声，喊出与当下话语体系对接的新话，掌握好话语权尤为重要。当然，会“喊嗓子”，还要更注意做出样子，不能光说不练，更不能说归说、做归做，得言必信、行必果。

六是“爱吾师”与“爱真理”

亚里士多德有句名言：“吾爱吾师，吾更爱真理。”在追求和探索真理的路上，很多人都面临一种纠结，到底是多听老师的，或“书本”的，还是更多地尊重实际、尊重客观规律。正确的选择是既尊重老师和书本上怎么说，更尊重客观规律。古人云：弟子不必不如师，师不必贤于弟子，闻道有先后，术业有专攻，如是而已。老师和书本上的话，固然要听、要看，但切不可迷信，更不可“唯师”“唯书”，犯教条主义、本本主义和经验主义错误，还是得“唯实”，一切从实际出发、实事求是，真正按客观规律办事，这才是真正崇尚科学的精神。“路漫漫其修远兮，吾将上下而求索。”为官做事，要有勇气和胆气，“吾爱吾师，吾更爱真理”。

七是“说了算”与“说得对”

任何一个职场，期待自己“说了算”，恐怕是人的一种本能，也是一个人渴望被尊重、实现自身价值的一种需要，这应该无可厚非，是情理之中的事。但是，人靠什么“说了算”？如果说，简单靠“高压”，这种“说了算”必定是暂时的和表面的，而且最终也是靠不住的。真正要让人心服口服，发自内心听从你，让自己“说了算”，还得靠自己“说得对”，也就是说的是事实，讲的是道理。从这个意义上说，把道理说明白、把事实说清楚，自信而不自负、自醒自觉而不只是自我感觉良好。要想“说了算”，就得先“说得对”，只有“说得对”，才能“说了算”。一切“说了算”都是要真正建立在“说得对”基础上的，一切以势压人、靠权力说话的“说了算”都只会落个说了不算。

八是以理服人与以情动人

孟子曰：“以力服人者，非心服也，力不赡也；以德服人者，中心悦而诚服也，如七十子之服孔子也。”故，以武服人，是勇夫；以理服人，乃辨士。不过，现在不愿、不敢和不会讲道理的还是大有人在，总觉得道理太苍白无力，特别是不敢讲大道理。事实上，以势服人口服，而以理服人则心服，通往人们心灵深处的桥梁是讲道理，让人心服口服的良药是以理服人。然而，做工作特别是做人的工作，仅靠以理服人还不够。“感人心者莫先乎情。”要想真正打动人、感染人，还得学会在晓之以理的基础上动之以情。要以心换心，找到心灵的契合点；要以情暖心，唤醒情感中柔软的部分。这种工作方法，更能直抵人心，带来心灵的震撼和穿透。“随风潜入夜，润物细无声”，既强调以理服人，又注重以情动人，便可达到春风化雨的效果。

九是以信取人与以行示人

“天下熙熙，皆为利来；天下攘攘，皆为利往。”当下社会，不少人似乎更迷信于以利取人，遇事推崇钱开道、钱摆平，所谓有钱能使鬼推磨。其实，钱的作用终归是有限的。人交往到深处，还是诚信比金钱管用、比黄金更贵。“言而必有信，期而必当，天下之高。”“不宝金玉，而忠信以为宝。”人有诚信，没有钱可以有钱；人无诚信，有了钱可以没钱。以信取人，生命才可能开出灿烂的鲜花。以信取人，也就是以诚待人，说到底是以一个人的高尚德行来赢得人。时刻以自己的一言一行来给人示范，言传身教、施之以技，便是以行示人。以行示人者往往不是“给我上”，而是“跟我上”，既坐诊又号脉、既挂帅又出征、既做指挥员又当战斗员。以行示人，是最好且无声的号令。

十是宽以待人与严于律己

待人宽厚、对人宽容，多一份理解、多一份包容、多一份礼让，是做人的一种豁达和气度，也是一种修养和品行。孔子说：“己所不欲，勿施于人。”自己做不到的，千万别要求别人去做到，而自己做到了的，才具备了资格和条件要求别人去做到。有的人就喜欢手电筒照人，对人不对己，自己“灯下黑”。宽以待人是善良的，也是明智的。但是，宽以待人并非给自己留后路、找退路，倘若从自己做起，从自己严起，可以使人“不令而从”。严于律己是一种自觉和自律，也是一种自信和底气，可以为“施于人”打下好的基础。既宽以待人，又严于律己，则能做到并实现既“勿施于人”，又“施于人”。

63·做人做事做官『十法』

做人做事做官，方法很重要。方法得当，事半功倍；方法不当，事倍功半。方法好比过河的桥和船，让你顺利抵达成功的彼岸。方法是一种态度，也是一门艺术；是一种路径，也是一种方式。方法里面充满了辩证法，最忌简单、片面和机械，要防止一种倾向掩盖另一种倾向、一个极端走向另一个极端。以下“十法”，便是做人做事做官成败、得失与好坏之“桥”与“船”。

一是锦上添花与雪中送炭

一般而言，人都喜欢或乐于做锦上添花的事，一来顺水人情、省心省力，相对也容易简单些；二来立竿见影，容易看得见、摸得着。锦上添花的事当然可以做，也应该做，而且终归做比不做好，但是更应该提倡和鼓励多做雪中送炭的事。锦上添花是好上加好，往往欢天喜地；雪中送炭是解难济困，常常静水流深。雪中送炭，积德行善。它想人之所想、急人之所急、解人之所困、救人之所危，当他人身处紧急时、关键处、转折点和危险地时挺身而出，扶人于未倾之时、救人于未亡之境。现实中，锦上添花常见，雪中送炭难求。锦上添花是“让人好”，而雪中送炭是在“让人好”的同时“自己也好”。如果说锦上添花是一种“捧场”的话，那么雪中送炭则是一种“救场”，它救的是急，下的是及时雨。做人做事既要学会“捧场”，更要懂得“救场”。

二是授人以鱼与授人以渔

帮人帮什么、怎么帮？不少人或满足于给钱给物上，给吃、给喝、给用固然重要，而且是一种重要的帮法，但这充其量是浅层次的，甚至是表面的，也是一时或暂时的，倘若要从根子上帮人，那就得教思想、教理念，就得传经验、传方法，就得扶志、扶智。人们常说，观念是开关，思路是出路。帮助人形成正确的思想观念、价值理念，找到一条更适合自身成长发展的思路、措施和办法，比什么都重要。给钱给物是看得见、摸得着的物质上的东西，而教思想、教理念，传经验、传方法，扶志、扶智是看不见、摸不着的精神上的东西。前者是消费性的，后者是内化于心，可持续性的。授人以鱼让人一时受惠，授人以渔让人一生受益。

三是知其然与知其所以然

凡事首先得知道它“是什么”，也就是“知其然”，这是一般人能做到和必须做到的，如果连这一点也做不到或做得不够，那么这个人必定是浑浑噩噩、迷迷糊糊的“庸人”，是个心中无数、脑中无事的“懒汉”。然而，有的人虽然“知其然”，但往往浅尝辄止，常常只知道个“大概”“也许”“可能”，知道一点便容易满足。应该说，这都是不够的，也不会有大的进步和发展。大凡成功者或高人一筹的人，必定会去表存里、去伪存真，善于透过现象看本质，透过个别看一般，有一种“打破砂锅问到底”的钻劲，不仅知道事物“是什么”，更知道“为什么”和“怎么办”，分析研究和找到事物发展的来龙去脉、内在规律，这就是“知其所以然”。“知其然”容易，“知其所以然”不易；“知其然”可贵，“知其所以然”更可贵。“知其所以然”需要更大的勇气、胆识和精神，需要更多的眼力、毅力和韧劲。一个既“知其然”，又“知其所以然”的人，方可站得更高、看得更远和想得更深，会脱颖而出、高人一筹。

四是逆水行舟与急流勇退

“逆水行舟，不进则退。”人在顺风顺水中划行，相对比较轻松自如，难度和压力也不是很大，然而人的一生不可能永远顺风顺水，总会碰到各种漩涡、暗礁和逆流。逆水行舟就是知难而上，好比滚石上山，这是一种愈挫愈勇的精神斗志和意志品质，倘若不能“逆风”前行，无异于对命运的屈服和妥协，无异于对自己的放弃和抛弃。如果说逆水行舟需要一种勇气和毅力的话，那么急流勇退则需要一份清醒和自觉、一份淡定和从容、一份理性和明智。急流勇退有时就是见好就收，人得学会见好就收，心不要太大，见好就收折射出知足的心态，透视出知止的胸怀。事物的发展总是有起有落、有高有低，人不可能一直或永远在巅峰上行走，或因为老了，那就得服老；或因为后生可畏，那就得让位；或因为力不从心，那就得示弱而不逞强，这是一种不以人的意志为转移和抗拒的规律。急流勇退是一种清醒而积极的顺势而为。

五是从实践中来与到实践中去

实践出真知，实践出才干。凡是一切务实管用且富有生命力的思想理论、政策措施，都来源于实践，火热的实践才是正宗的“出产地”，其他都是冒牌。而这么简单的道理，有时在一些人那里偏偏是明知装睡，假装不懂。有的人习惯于拍脑袋作决策，凭经验想当然；有的人热衷于宅在机关大楼，躲在深宅大院想对策、出主意；还有的人满足于问计于各种各样的会议，找思路、寻办法。实践中来的东西，才针对实际、符合实际和切合实际，才真正地接地气、冒热气和有烟火气。反过来，一切思想理论、政策措施对不对头和对不对路，自己或几个人说了不算，实践才是检验真理的唯一标准。所以，还要回到实践中去，让实践来评判、来定夺。实践既是发源地和“出生地”，也是试金石和磨刀石。

六是对标对表与主观能动

对标是为了看齐，把标兵当镜子看差距、当教材去学习、当标杆去对照、当榜样去追赶；对表是为了“准时准点”，以便步调一致、同行同向、同频共振，对照“北京时间”，校准时差，慢的或错的都调到位。对标对表的目的全在于明确方位、提升站位、找准定位，得经常自觉主动地去对标对表，让自己有方向感和精准度，既不会迷失，更不会走丢。然而，对标对表不是要束缚手脚。任何时候发挥好人的主观能动性都是干成事的决定性因素。主观能动性就是积极主动而且自觉地去“想事”“找活”，不满足于“要我干的”，要想方设法去追求“我要干的”。认识上去了，行动就上来了。主观能动性来自于强大的内在动力，源自于高度的事业心、使命感和责任感，主观能动性调动起来了，积极性、主动性和创造性也就发挥出来了。

七是善始善终与善作善成

“善始善终，善作善成”，源自《史记·乐毅列传》，说的是做人做事既要有好的开头，也要有好的结尾；既要善于做事，也要善于把事情做好。善始善终就是要有头有尾。然而，现实中有的人习惯于前紧后松、虎头蛇尾，甚至有头无尾，开头或开始时一股子劲，口号震天响、措施响叮当，声势浩大、场面壮观，可是干着干着就“停摆”了，走着走着就“歇菜”了，经不起时间和困难的磨炼；也有的人虽然有头有尾，但只求平平过，只图“过得去”“交得差”，把“做了”当成“做好了”，开头不出彩，结尾不出色。真正有作为者，不但要善始善终，还得久久为功，善作善成。既善于做事，更善于把事情做成做好，不但知道炮弹发了，还要知道往哪发了，这既是对一个人能力的考验，又是对一个人作风的检验。做事是一般性的标准，做成事是更高的要求，善始善终是基本的，善作善成是根本的。

八是“一步三计”与“三步一计”

“凡事预则立，不预则废。”做事得有计划有计谋，有方案有对策。说到计谋，人们习惯把周瑜的“一步三计”与诸葛亮的“三步一计”作比较，于是得出“三步一计”高于“一步三计”之说。其实，作为一种思维方式，各有所长、各具特点。“一步三计”思路开阔，考虑问题更加细致而周全，有更多解决问题的方案。有时对一个问题或事物，“多想一点”和“想多一点”终归是有好处的，决策前“想法多”可以比较和选择，可以调整和修正，有更多的回旋余地和“腾挪”空间。当然，它所要克服的是有时“计”太多，容易被干扰，不知用哪一个才好。而“三步一计”精准度更高，确定性更强。现实中，有的人往往只能走一步看一步，缺乏长远眼光，也没有全局思维、系统思维，结果只能囿于眼前，亦步亦趋，而“三步一计”看得更远、更深，需要更高的站位，能够登高望远。“一步三计”让我们谋划工作更周全，“三步一计”让我们思考问题更长远。

九是“盆景”与“风景”

推进工作典型很重要，“盆景”就是典型。打造“盆景”很有必要，也很有价值和作用，它不但让荒芜的园地里有一簇或几簇亮点，更重要的是能起到示范引领和标杆推动的作用，发挥以点带面效应。“盆景”要有说服力和可信度，要有生命力和可持续性，还要有传播力和可复制性，这样的“盆景”才不会成为昙花一现、过眼烟云。“一枝独秀不是春，万紫千红春满园”。要想办法让“盆景”做大，更多地开花结果，星星之火燎原开来，这是我们推动工作应当有的以点带面、点面结合的好方法。

十是逢山开路与绣花功夫

干事业得有一股子不畏艰难、不惧险阻的闯劲，这股闯劲就是逢山开路、遇水搭桥的勇气，就是兵来将挡、水来土掩的胆略。现实中，有的人“车到山前”便退缩；有的人“人到黄河”心便死，或被吓死，或被愁死，看不到出路，想不出办法。其实，任何危机都很有可能是“危”中有

“机”，到“绝路”往往会逢生，置“死地”常常而后生，只要心不死，办法总比困难多。如果说逢山开路是闯劲，那么绣花功夫就是韧劲。我们的事业在需要逢山开路这种愚公式的大刀阔斧、开疆拓土无畏精神的同时，也还需要耐心细致、一丝不苟、精益求精的工匠精神和绣花功夫。从一定意义上看，当下更多缺的是耐心细致的绣花功夫。逢山开路与绣花功夫一刚一柔、一武一文，不乏刚柔相济，不妨文武兼备。两者既是一种能力，也是一种心态；既是一种精神，也是一种作风。

以上这十条，既有思想方法，又有工作方法，还有学习方法和领导方法，可以运用于具体的工作、学习、生活和领导活动中去，让做人做事做官更到点到位。

64 · 做人做事做官『新十法』

古人云："工欲善其事，必先利其器。"器好比方法，方法就是器。此前，曾列出做人做事做官十种方法，修建了一些"过河"的"桥"和"船"，今再列"十法"，对"桥"和"船"作些加固与修缮。

一是解决问题与提出问题

问题是时代的声音，是前行的导向。我们的所有工作都是奔着问题而去，针对问题而来，有的是问题倒逼而进行的。面对各种各样的问题，要去解决它、消灭它，然而解决的前提在于发现问题和提出问题；消灭的前提在于有打击和消灭的目标。从这个意义上说，解决问题固然重要，但发现并提出问题比解决问题更重要，也更困难。解决问题需要魄力和行动力，发现和提出问题需要眼力和判断力。能不能发现并提出问题，靠敏于观察、勤于思考，见微知著、落叶知秋，经常做到心中有数、脑中有事和眼里有活。

二是"回头看"与"向前看"

"回头看"就是对做过的工作和走过的路进行总结。每一个重大活动、每一项重点工作和每一次重要任务完成之后，都应当及时坐下来、静下来好好地梳理、回顾和盘点一下，作一个阶段性地总结。总结成功的，也总结失败的；总结经验，也总结教训；总结他人，也总结自己，这是非常有益的。总结是很好的学习，也是推进工作、完善自我的好方法。在总结中不断提高，在提高中不断总结。"向前看"就是去展望和憧憬，充满希望和期待，寻找新的方向和目标。"向前看”是奔着诗和远方去的，能够砥砺自己不断地攀登和求索。

三是“摸着石头过河”与“蹄疾步稳”

“摸着石头过河”就是一种探索和试行，是在局部或某个领域及环节进行必要的试点，不行则收了、关了或停了，可行则推开。试点是个好方法，通过试点在取得经验后再复制或推广开来，循序渐进、梯次展开。“摸着石头过河”目的在于更好地大踏步前行，我们的目的在于“蹄疾”，更在于“致远”，而“蹄疾”也好，“致远”也罢，全在于“稳当”，没有“稳当”一切都是在白费劲，都会落个前功尽弃。

四是用活“指头”与攥紧“拳头”

钢琴要想奏出美妙的乐曲得靠十个指头发挥出各自的作用，每个指头都不可或缺也不可替代。“十个指头弹钢琴”是重要的领导艺术和领导方法。“指头”是一个个独立的个体，而攥紧“拳头”是一个有机的整体。个人的能耐当然是重要的，得用活用好，让他们各司其职、各尽所能，人尽其才、才尽其用。但个人能耐再大，也不如攥紧了的“拳头”

有力。“五指分散不成拳”，一个指头打出去不如一个拳头打出去，每个指头用好用活了，又能紧紧地攥在一起，这个“拳头”也就更加有劲有力了。干事既靠充分调动和发挥每个人的积极性、主动性、创造性，更靠团队的合力。一根稻草想扔过墙去是很困难的，而一捆稻草要扔过墙去则容易多了，这便是“指头”与“拳头”的不同效应。

五是从群众中来与到群众中去

群众是真正的英雄，群众是最高明的老师。群众中不但有不少能工巧匠，更蕴藏着无穷的智慧和无限的力量。我们的历史和全部工作，从根本上讲是人民群众创造和推动的，所以，走好群众路线是极为重要的工作方法。走好群众路线，就是我们的方针政策、措施办法和思想理论，既要从群众中来，又要到群众中去。要拜群众为师、向能者求教，问计于民、问政于民，甘当群众的小学生；要经常问需于民，把群众的表情和脸色当镜子、作方向，让群众来评头论足。事实证明，我们在认识和实践上的每一次突破和进步，无不来自人民群众的实践和智慧。所以，坚持从群众中来，又到群众中去，不但让脚和身体走到群众中去，更让头脑和感情跑到群众中去，这既是一种方法论，又是一种认识论和实践论。

六是“先标后本”与标本兼治

“标”是一种表面的病症，“本”是引发病症的源头。当遇到矛盾和问题，或者碰到一些突发性事件时，该怎么办？怎样找到解决矛盾和问题的切入点与着力点？这里面有个治标与治本的路径和方法的选择。不妨先标后本，处理好解决问题的“优先级”。“先标后本”就是先易后难、先简后繁，但它绝不是避重就轻、隔靴搔痒，如果只是一味地治标不治本，整天在“标”上“打转转”“兜圈子”，只是在那一味地头痛医头、脚痛医脚，不但“本”的问题永远在那儿，而且还会耽误解决的最佳时机，更为尴尬的是治好了的“标”也保不住、长不了，甚至出现反复，白费功夫。所以，还是要“先标后本”、标本兼治，病症要缓解，病源要根除。

七是晓之以理与动之以情

靠什么来凝聚人心？靠什么来调动人的积极性？靠什么

来让人心服口服？有的人一味偏重靠物质激励；有的人过分强调靠机会平台；有的人偏执地觉得权力可以让人听话；还有的人迷信拉拉扯扯、吃吃喝喝，搞江湖义气；等等。俗话说：有理走遍天下，无理寸步难行。真正赢得人心的永远是真理。说话必须把道理说清楚、讲明白，而且善于寓理于事，把有意义的道理讲得有意思，道理一旦讲透、讲开，则风吹云散、豁然开朗。一方面要讲道理，另一方面还要讲出感情，要带着感情讲道理，而且讲到人家动感情。“感人心者莫先乎情。”理是用来说服人的，情是用来征服人的。人人心里都藏着一块柔软的部分，只要触动到了便会春风化雨、润物无声。情是最能温暖和焐热人心的，以真情换真心，以真心打开并进入他人的情感世界，既寓理于事，又寓情于理，情理交融、入情入理，推进工作便拿到了迎刃而解的“通行证”。

八是严管与厚爱

好干部是管出来的，好队伍也是管出来的。人的身上都有慵懒松散、自我自在的本能，还有各种各样的欲望，倘若管理跟不上，约束到不了位，就会野蛮生长，还会滋生蔓延开来。严是爱，松是害。带队伍不敢严管，迟早要出问题；不愿意、不适应和不习惯严管，迟早要摔跟头。严管“管”出作风、“管”出形象；厚爱“爱”出干劲、“爱”出信心。怎样去厚爱一个人？怎样才算厚爱？对干部的厚爱，体现在理解和信任上、使用和导向上，真正让干部吃苦而不吃亏、受累而不受气、流汗而不流泪、埋头而不埋没。严管与厚爱是带队伍的两只手，都要用、都要硬。

九是从“最坏处”准备与向“最好处”努力

“唯事事乃其有备，有备无患。”干任何事情都要有问题意识和底线思维，把问题想得复杂一些，把矛盾估计得充分一点。从“最坏处”准备，就是把有可能出现的最糟糕的结果估计和预想到，这样也就没有什么可怕和可担心的了。事物的发展是有规律的，也是在不断发生变化的。有时“坏处”可能变成“好处”，原本“好处”又有可能演变成“坏处”，危机往往“危”中蕴含着新的机会，关键在于能不能“任凭风浪起，稳坐钓鱼船”，把握住大局和大势、规律和潮流，保持住定力和动力、干劲和韧劲，顺应它向“最好处”争取。机会是留给有准备的人的，成功是留给有行动的人的。坚持不懈地向“最好处”行动，就会春暖花开、柳暗花明。

十是精于“工笔”与善于“写意”

中国画有两种画法，一种叫工笔画，一种叫写意画。工笔画就是运用工整、细致、缜密的技法来描绘对象，注重线条美，一丝不苟；写意画不太在乎线条，而注重意象，讲究心灵感应，笔随意走，以形写神，在笔墨中表达情感。如果把“工笔”和“写意”比喻成实与虚、细与粗的话，应当虚实兼备、粗细结合。精于“工笔”，就是有些事情要事必躬亲、亲力亲为，“有巧密而精细者”，注重细节，件件有着落、事事有回音；善于“写意”，就是有些事情要放胆放手，既撒得开又收得拢，像写一篇大散文那样形散而神不散，一气呵成、浑然一体，大气磅礴、纵横捭阖。

65 · 为官从政『十题』

为官从政经常会碰到很多选择题要去做，孰轻孰重、往东还是往西，选择对了则蹄疾步稳、行稳致远，选择偏了、歪了或错了则会走到岔道、斜路上去。以下这十道选择题得细思量、常念叨，作出正确选择。

一是公与私

“一心可以兴邦，一心可以丧邦，只在公私之间尔。”“政在去私，私不去则公道亡。”曾几何时，在一些人眼里，公与私是模糊的，甚至是混淆和错位的，有的公私不分，有的假公济私、以公谋私和损公肥私，等等，结果在公与私处理把握上滑倒摔跤。公则公，私则私，其间的界限务必真正拎得清、掰得开，占公家便宜、捞公家油水的事不能干、干不得，“公款姓公，一分一厘都不能乱花；公权为民，一丝一毫都不能私用”。韩非子说过：“私义行则乱，公义行则治，故公私有分。”“私心胜者，可以灭公。”为官从政就是要公私分明、先公后私，有时还得大公无私、公而忘私，做到“恋亲，但不为亲徇私；念旧，但不为旧谋利；济亲，但不以公济私”。

二是义与利

义与利是从政路上躲不过、绕不开的问题，正所谓“义利之说，乃儒者第一义”，“学无深浅，首在辨义利”。古往今来，人们推崇重义轻利、先义后利的义利观：“君子喻于义，小人喻于利。”“利以养其生，义以养其心。”为官从政，就得铁肩担道义，秉持公平、公正和公道，这既是格局、境界和情怀，也是责任、使命和操守。任何时候任何情况下都只追求合理、合法、合规的利益，而且不与民争利，只为民挣利，“因民之所利而利之”，“计利当计天下利”，这才是应有的胸怀。

三是是与非

对与错、好与坏、合理与不合理，是每个人都得分得清、辨得明的，都得有正确的立场、态度和选择，来不得半点含糊，也容不得任何“骑墙”和摇摆。现实中，有的人不论对错好坏，总喜欢做老好人，当和事佬，经常和稀泥，对错误的东西睁一只眼闭一只眼，对不良倾向和歪风邪气妥协退让，不愿、不敢也不善于斗争，这是一种投机；有的人是非不分，甚至把错误的当成正确的来奉行和推崇，无形中或有意无意、自觉不自觉地为错误的东西“背书”“站台”，等等。在是与非尤其是大是大非问题上，要既做明眼人，又做明白人。要做好人但不可以做老好人，那种遇见矛盾绕道走、看到困难躲着走，一味地“不说话、说好话、好说话”的人不可能有市场。不讲是非的人，迟早会惹上是非。

四是正与邪

为官从政特别讲究正，“其身正，不令而行；其身不正，虽令不从”。然而，一些人似乎不这么想、这么看和这么做。有的认为，不搞点歪门邪道、旁门左道的东西，就吃不开、上不来，于是可以不干事，但得会来事；有的主张可以坏到“刚刚好”，这样可以不吃亏、不受欺负；更有甚者觉得无毒不丈夫，不撒谎干不了大事，不心狠做不了大官。俗话说：自古正邪不两立。有邪气的人，或许会得利于一事、得逞于一时，但终归邪不压正。正，守一而止，意味着守一不犯错、不偏斜，无邪念、无杂念，说话办事有道德标准。正乃阳光大道，当今天下是秉持正知、正念和正行者的天下。

五是苦与乐

人从本能上来讲都希望自己苦少乐多，甚至最好不吃苦、不受累，然而天下没有免费的午餐。“梅花香自苦寒来。”幸福是奋斗出来的，快乐是耕耘出来的。这种奋斗和耕耘就得吃苦受累，就得流汗，有时甚至流血流泪。一分耕耘，一分收获；唯爱拼，才会赢。特别是，有时能吃苦还要能吃亏、能受累还要能受气，古人尚且有“先天下之忧而忧，后天下之乐而乐”“安得广厦千万间，大庇天下寒士俱欢颜”的境界和胸怀，作为党员干部，应当具有全心全意为人民服务的高度自觉。有副对联写得好：“若不撇开终是苦，各自捺住即成名。”“撇”开一些名利纠结就不苦了，按捺得住内心的欲望才得以快乐。

六是舍与得

人生如棋，有舍才有得，有得便有舍，应当学会先舍后得、有舍有得、能舍能得，倘若一粒棋子都不愿意失去，势必会落个满盘皆输的结局。天底下从来没有也不可能有只得不舍的事情，即便是经商办企业，真正的大商人既能聚财，又能散财，而且有时散财比聚财还来得更重要。同样的道理，为官从政应该熟谙舍与得的辩证法，说白了就是处理好奉献与索取、给予与获得的关系。按理说，为官从政既然是“公仆”“勤务员”，为人民服务就是天经地义的事，如果是图享受、讲特权，就颠倒了“主与仆”的关系，就是一种异化。当然，这个道理说起来容易，做起来确实难，也正因为难更值得去做到。鱼和熊掌岂可兼得，世上哪有既要得好处，又要享清福的好事美事。“得”是一种本能，“舍”是一种本事，把本能的东西尽量抑制住，把本事的方面多提高一点，就是一个高尚的人、一个能干大事的人。

七是真与假

说真话、办真事、做真人，活出真实的样子，这本来是毋庸置疑的事。然而，有的人似乎不这样想也不这样做，这其中有的是主动自觉为之，有的是被动不自觉为之。比如，有的当面一套、背后一套，台上一套、台下一套；有的对人一套、对己一套，说的一套、做的一套；有的领导在一套，领导不在一套，此时此事一套、彼时彼事一套；等等。有人说，人生如戏，全在演技。大凡假全在于演，全在于装，演得很逼真，装得很像，其共同特点是说假话、办假事、戴假面具。不过，假的就是假的，假的真不了，真的假不了，演技再好终归都会露馅，就好比戴假发总会被风揭穿。墨子说过："贫则见廉，富则见义，生则见爱，死则见哀。四行者不可虚假，反之身者也。"贫富生死既是试金石，又是磨刀石；既是X光机，又是透析机。它能检验并考验出一个人的真与假。为官从政就得老老实实、真真切切，不来虚的，不搞假的，经得起真假"照妖镜"的透视。

八是善与恶

人之大德，莫过择善而行，这是最美的底色，也是最好的本色。那么，择什么善，怎么"择善"？首先，要择善人而交。"近朱者赤，近墨者黑。"多交"益友"，不交"损友"，远离"不三不四"的人，让自己的朋友圈清清爽爽。其次，要择善书而读。既读"善书"，又善读书，让自己心明眼亮。再次，要择善言而听。"信言不美，美言不信"，听得进那些诤言、谏言和谔言，让自己多一份清醒和冷静、理性和自觉。此外，要择善事而为。对人有利、有益的事多多益善，不在于物力之"舍"，而在于内心幸福愉悦之"得"。"勿以善小而不为，勿以恶小而为之。"恶便是坏人坏事，切不可以为恶"小"，就为之、纵之，否则，只要沾上了边，日积月累，就没有回头路。

九是进与退

进退留转是为官从政中经常遇到的现实问题。从身边的人与事来看，往往“进”者得意，“退”者失意，“留”者惬意，“转”者在意。面对人生的进退留转，各种心态千变万化，各种角色粉墨登场，心浮气躁者有之，急功近利者有之，不择手段者有之，随遇而安者亦有之。这是一个“大考场”，正确的态度是，面对进，始终保持一颗责任心和进取心，不骄不躁，谦虚谨慎；面对退，始终抱有平常心，泰然处之；面对留，懂得知足和珍惜；面对转，得有一种紧迫感和危机感。在“进”中求稳，在“退”中求进；在“留”中守成创新，在“转”中精彩转型、华丽转身。

十是宠与辱

从政路上既有春暖花开的时节，又有风雪交加的时日，有顺境，也有逆境，这是考验人的关口和门槛。“宠”是得意之时，“春风得意马蹄疾，一日看尽长安花”。面对好事上门，心花怒放、扬扬自得是人的一种本能，但能否得意不忘形、得志不变形，不迷失、不膨胀，则是一种难能可贵的清醒和自觉。春秋郑国大夫正考父几朝元老，却“一命而偻，再命而伛，三命而俯。循墙而走，亦莫余敢侮”。“宠”时更应把位置放低一些、身段放软一点、口气放小一点。“辱”是失意之时。面对各种各样的下坡路，或者低谷与瓶颈、挫折与打击，该怎么办？躲在人生的墙角边看破红尘、自怨自艾，只会消沉下去、自暴自弃，变得破罐子破摔、一蹶不振。真正的强者，既能从成功中走出来，又能在失败中站起来，做到“宠辱不惊，看庭前花开花落；去留无意，望天上云卷云舒”。

为官从政，实际上意味着一种付出、舍弃和奉献，这是从一开始就该有的思想和心理准备，否则就会时时纠结、处处为难，左右不是、忐忑不安。所以，应当想清楚、弄明白，而且咬紧牙关、狠下心来，作出正确合理的选择，交上合格满意的答卷。

后　记

一直有个心愿，把自己这么多年来关于人生话题的思考和感悟形成一个系列。于是，十年前有一本《人生边角料》，两年前又有一本《人生正负手》，随着这本《人生卷首语》的装订成册，关于人生的“三部曲”也就算完成了。

人生是个大课题，不但没完没了说不完，而且可以常说常新说不够。如果说人生是个长者，那么我们都只是一个孩子，牙牙学语、蹒跚学步，老老实实跟在长者的后面一点点长大。在成长的路上，我把学到、悟到的一些东西一点点记了下来，写在纸页上，于是有了这本算不上书的《人生卷首语》。取名《人生卷首语》，意在倘若把人生比喻成厚重的书的话，那么这些篇章权当是写在前面的一些温馨提示，但愿对读懂人生这本书有所裨益。

非常感谢当代著名教育家、哲学家，中国人民大学一级教授陈先达先生倾情作序。陈老是我十分敬仰的大家，他曾作诗云："大红大紫非我有，满床满架复何求。人生百样各有得，一世读书抵封侯。"这也成了我的人生坐标和价值追求。他学养深厚、身笔两健，立学为民、治学报国，影响深远，今以耄耋之年，为后生惠然作序，褒奖有加，诚惶诚恐；非常感谢我的老朋友、中国书法家协会原副主席王家新先生友情题写书名，一笔一画，情义无价；感谢妻女及所有家人，因为有你们这些"垫脚石"和"铺路石"，我才行得稳、走得远、飞得高，人生的脚印才如此清晰，脚步才如此坚定。

轻轻合上《人生卷首语》，看着"人"字那一撇一捺，蓦然间想起这一路走来所有给予我莫大帮助和关心的人们。你们的鼓励是我的动力，你们的点头成了我的劲头。正因为有你们那一撇一捺的强大支撑，才有了我这个端端正正的大写"人"生。

作者

写于北京方步阁

2019年4月

图书在版编目（CIP）数据

人生卷首语 / 徐文秀著. —杭州 ：浙江人民出版社，2019.6

ISBN 978-7-213-09258-9

Ⅰ. ①人… Ⅱ. ①徐… Ⅲ. ①散文集-中国-当代 Ⅳ. ①I267

中国版本图书馆CIP数据核字(2019)第077073号

人生卷首语

徐文秀 著

出版发行：浙江人民出版社（杭州市体育场路347号 邮编 310006）

市场部电话：(0571)85061682 85176516

责任编辑：朱丽芳 陈 源

责任校对：戴文英

责任印务：刘彭年

电脑制版：杭州兴邦电子印务有限公司

印 刷：浙江新华印刷技术有限公司

开 本：880毫米×1230毫米 1/32 印 张：10.75

字 数：156千字 插 页：5

版 次：2019年6月第1版 印 次：2019年6月第1次印刷

书 号：ISBN 978-7-213-09258-9

定 价：75.00元
